初恋のゆくえ

西門

幻冬舎ルチル文庫

CONTENTS ✦目次✦

✦カバーデザイン＝吉野知栄(CoCo.Design)
✦ブックデザイン＝まるか工房

イラスト・街子マドカ✦

初恋のゆくえ

朝の通勤ラッシュの電車に揺られながら、櫻井直樹《さくらいなおき》は小さく溜息《ためいき》を吐《つ》いた。

毎日のこととはいえ、このぎゅうぎゅう詰めの電車にいまだに慣れることはない。しかも梅雨《つゆ》時期の車内は蒸し風呂のようで、じっとりと汗が滲《にじ》んでくる。

ネクタイを締めている首筋に、シャツが張り付いて気持ちが悪かった。

気を紛らわせるためにスマートフォンを弄《いじ》ってみても、不愉快さが消えるわけではない。

窓の外を流れる風景は、建物ばかりだ。緑の少ない都会のコンクリートジャングルは余計に都心の気温を上げていて、この数年夏によくおこるゲリラ豪雨の原因にもなっているそうだ。

（今日も暑そうだな……）

今年の夏も予想は猛暑。暑さが苦手な直樹が小さく溜息を漏らすと、ちょうど駅に着き、押し込められていた車内からやっと解放された。

世界で一番の乗降客数を誇る駅は、とにかく人でごった返している。

上京したての頃、どこからこんなに人が湧《わ》いて出てくるんだと思ったほどだった。

迷路のような構内をくぐり抜け、職場に一番近い出口から地上に出た。とたん、むわっとした空気がまとわりついてくる。

空は今にも雨が落ちてきそうなくらい、どんよりとしていた。

（あ～……これだと客足が遠のくなぁ……）

雨が降る前に会社に辿《たど》り着きたいと、急ぎ足で向かう。

直樹が勤めているのは、都内では有名な百貨店だ。バブル時期に比べると、店舗数も減りかなり縮小してしまっているけれど、直樹のいる場所はデパ地下などで特色を持たせ集客を保てている。

最近では大型商業施設が郊外にでき、さらにファストファッションと呼ばれる若者に人気の安いショップもたくさんあり、ブランド力が落ちているのは確かで生き残りが厳しい世界だ。

その中で客を惹《ひ》きつけられるようなものを、打ち出していかなければならない。

直樹の所属している部署は、営業と企画を一手に引き受けている。直樹が入った頃に部署が統一されたらしく、以前はもう少し人員に余裕があったらしいが、今では常に人員不足だ。

今日も、その厳しい業界で生き残るための企画会議が一つある。

(そういえば、企画は中川《なかがわ》が持ってきたやつだっていってたな)

中川は直樹と同期入社で、今はフロアの担当をしている。今年から地下の食品担当だといっていたから、企画は食べ物関係だろう。デパ地下はスイーツやイベントごとに特別ブースなどを設けるのだが、この時期になにかすることは珍しい。

もう少しすると夏のセールも始まるし、そのあとに売り上げが落ちる八月が来る。その頃に打ち出す案件もそろそろ大詰めだし、やらなければいけないことはたくさんあると直樹は気を引き締めた。

　歩いていくと会社の入口がある、デパートの裏手に着いた。

「おはようございます」

　職場の通用口で警備員に挨拶《あいさつ》をして、バックヤードのエレベーターを待っていると、後ろから「おはよう」と声をかけられた。

　同じ部署の先輩の安堂來未《あんどうくみ》だった。

　スラリとしたスタイルはパンツスーツがよく似合う。元々の顔立ちがいい安堂はメイクもあっさりとナチュラルに仕上げていて、とても好感が持てる。ヒールを履くと、隣に立つ直樹より少し目線が低いくらいなので、女性にしては身長も高い。それに加え、さばさばとした性格が、直樹は大好きだった。

　スーツがなんとなく息苦しく感じている直樹とは違い、彼女はいつも姿勢がいい。

「もう、朝から姿勢悪いよ、櫻井くん」

　直樹の背中をパシッと叩いて、なんとなくイケメンなんだからシャキッとする！　と言うので思わず笑ってしまった。

「ひどいっすね、なんとなくって」

「えー、だって櫻井君、ゲイなんだもん」

　いくら格好良くてもなびかないし、とあけすけに返してくる。

「それ関係ないじゃないですか。普通にイケメンでいいじゃないですか」

「自分で言ってるからダメ」

と朝からのやりとりにしては爽やかではないような気がしたけれど、安堂は直樹のセクシャリティも全部知っていて、それでも偏見なく付き合ってくれるよき先輩だ。

チン、とベルが鳴ってエレベーターが到着した。二人で乗り込んで、部署のある六階を押しながら、安堂がまだイケメン発言について話してくる。

「イケメン……っていうにはちょっと足りないんだよね～。格好いい、じゃないんだよね櫻井くん。可愛いってタイプだし」

下からクイッと顎《あご》を上げられてジッと見つめられる。

かといってドキドキするなんてことは、直樹と安堂の間柄にはない。人の顔を観察して呟《つぶや》いたのは、ただのぼやきだった。

「ムカつくくらい肌がすべすべで……」

「安堂さん、顎痛い痛い。爪《つめ》食い込んでるから」

「ああ、ごめん」

確かに直樹の肌は綺麗《きれい》な方だ。それは昔からで、ちゃんとしたことは分からないが、多分実家の家業と関係があるのだろう。それが肌に良いものだと知ったのは、大人になってからだった。

「背も高いしスタイルも良いし、顔は私好みじゃないけど可愛いのにホントもったいないわ」

やっと顎を解放してもらうと同時に、六階にエレベーターが着いた。

「安堂さんの好みだったら食われちゃってたのか。あぶないあぶない」

「同僚に手を出すほど無節操じゃありません」

そう言って安堂が笑う。この人とのやりとりは気楽で好きだ。女性特有のねちっこさもなく、あっけらかんとしているおかげで、直樹にとって何でも相談できる相手の一人でもあった。

「そんなにダメっすかね……俺」

身長は百七十八センチと、百八十センチにはちょっと足りない。

どちらかというと高い方に入るのだが、それなのに男らしさより、可愛らしさの方が際立ってしまうのは、大きな目と小さな顔に原因があるのだろう。

髪は少し茶色みがかっていて、接客をするうえで不快に思われないように、短すぎず長すぎない程度に整えてある。

「大丈夫、私の趣味じゃないだけだから、もしかしたら他の人にはイケメンに見えてるかも」

私はもっとがっしりしてる人が好みだから、と聞いてもいない情報を教えてくれる。しかも、フォローになってるのかも分からない。

「あ〜、ガチムチってやつですか」

「違うわよ！　細マッチョでも大丈夫だから私！」

そんなこと言ってるから彼氏ができないんじゃ、とは言わないでおいた。よけいなことをいうとあとが怖い。飲みに連れて行かれたりしたら大変だ。

安堂はとにかく酒が強い。直樹も酒はそこそこ飲める方だが、彼女はそれ以上に強く、朝までコースなんてことになったら、翌日は使いものにならない。何度も付き合わされているので、さすがに地雷を踏んではいけないと学習した。

「あ、今日の企画書、あとでコピー回すから目を通しておいてね」

安堂に言われ、分かりましたと答えると、「今日も一日頑張りましょ」とまた少し丸くなった背中をパシンと叩かれ、気合いを入れられた。


午前中のうちに企画書が回ってきた。

今回の企画はイレギュラーなものだった。毎月一つ企画を決め、実施するものとは別に、しばらくの間この部門に力を入れたいと同期の中川から申し入れがあったのだという。

企画の内容を確認するために、直樹は受け取った書類に目を通す。

強化する部門は、アルコール類。要は酒なのだが、元々人気のあるワインには力を入れていたはずだ。しかし最近また日本酒に注目が集まっていることもあり、そちらを強化したいという提案だった。

ワインの売れ行きは悪くないし、今さら日本酒を強化する必要があるのだろうか。

中川の企画書には、最近とある品種が有名になり、それを求めにくる女性客が増えたと報告されていた。それならば美味《おい》しい日本酒をもっと知ってもらい、全体的に売り場を底上げしたいとのことだった。

女性にうけそうな日本酒の開拓と提携までを、営業販売部にも手助けして欲しいということで、この企画書を作ってきた。

(悪くはないとは思うけど……)

日本酒は、実は色んな料理に合わせられる酒だと直樹は思っている。

もしコーナーを作るのであれば、日本酒に合わせる料理も一緒に売り場を作った方がいいのではないか。色々とアイデアが浮かんできてそれをメモに取りつつ、中川がピックアップした日本酒の種類に目を通していると、とある酒蔵の名前が目に入り手が止まった。

――櫻井酒造。

まさか自分が企画を担当するものに、実家の名前があるなんて思いもよらなかった。

(マジかよ……)

直樹の実家は地元では有名な蔵元だ。そのことをこの会社で知っている人は誰もいない。

直樹は酒もそこそこ強く味や品種に詳しい。だから安堂の相手ができるということで、よく飲みに連れて行かれるのだが、会社のみんなは好きが高じたものだと思っているだろう。直樹としては、このまま誰にも言うつもりはなかった。

（面倒くさいことになる前に、この企画を誰かに押しつけられればいいんだけど……）

けれど、どの部署も人手不足だ。それも分かっているけれど、この企画だけは自分が担当になるのは避けたい。

「櫻井くーん、ちょっと先に来月の販売促進どうするか、決めちゃいたいから第二会議室集合ね～」

安堂の声に直樹は慌てて「分かりました」と返事をして、資料をまとめ会議室へと急いだ。


午前中に販売促進の会議、そして昼食を挟んでそのまま企画会議へと移った。同期の中川も参加して、内容の説明をしてもらう。

「企画の説明をよろしくお願いします」

話を振られ、中川が企画立案したきっかけを話し始めた。

「先日、日本酒の試飲会があり、個人的に参加してきました」

チケットを買うとぐい飲みやコップがもらえ、その会場では飲み放題になるという、いわばちょっとした日本酒祭りみたいなものがあるのは、聞いたことがあった。日本各地の地酒が何百種類と置かれているらしい。いつか行ってみたいなと直樹も思っていた。

「そこで、日本酒に合う食べ物も用意されてて、一緒にいただいたら本当に美味しくて。チーズとかもすごく合うんですよ」

色々試飲して、美味しいものを求める女性にも是非知ってもらいたいと、企画を思いついたのだという。

「その中でも、とても丁寧に話をして下さった蔵元の方がいて、明日まで東京にいらっしゃるというので、ちょっとお時間を頂いてお呼びしてみました」

「それは急な展開ね。まだやるとも決まってないけど、先方にそのことは伝えてあるの？」

と心配したのは安堂だ。

「大丈夫です。もしこの企画が通らなくても、うちで取引して頂いて少し置かせてもらえたらなとは思っているので」

そのくらい美味しいんですよここのお酒！　と中川は息巻いている。

（どんな酒だろ？）

女性でも飲みやすい口当たりで、とてもフルーティな味わいらしい。中川の力説にみんなも興味津々だ。

（それだと純米酒だな……）

純米酒は、文字通りすべて米から造られている日本酒だ。米と麹《こうじ》のみで造られている。精米で米を削れば削るほど純度が増し、吟醸、大吟醸と呼ばれるものになる。

一般的にお手頃な価格のものは、醸造用アルコールを使って造られていて本醸造酒と呼ばれる。もちろん本醸造のお酒も、米から造られていることには変わりはない。工程や精米の度合いなど手間が違うのだ。

直樹の実家は純米酒に力を入れて造っていた。

もちろん醸造用アルコールを使った安価なものも造ってはいたが、父を含め、蔵のみんながこだわっていたのは純米酒で、それが看板商品だった。

大人になり、酒の味が分かるようになったからこそ、実家の酒がいかにこだわり抜いて造られていたかを理解した。小さな頃から見ていた蔵のみんなの背中は、自信に満ちあふれていて格好良かったのを覚えている。

そんな蔵の人たちの顔を、もう何年も見ていない。

不意に、昔のことを思い出し、直樹はダメだダメだと気持ちを現実に引き戻す。

「蔵元の方に来て頂いているので、お呼びしてもいいですか？」

そう言ってその蔵元の人を、中川が呼ぶために部屋を一旦《いったん》出て行った。

その間に、直樹はまた資料に目を戻した。

リストの中に自分の実家の名前があるのは、なんとなく気まずい。ここにいる人たちに知られてしまうんじゃないかと、心配になる。

櫻井、なんてよくある名字だ。大丈夫と自分に言い聞かせていると、「どうしたの?」と安堂が声をかけてきた。

「いや、この企画大丈夫かなって思って。日本酒ってワインとかに比べてどうも取っつきにくいイメージあるし」

「だから女性に人気が出ればって企画でしょ? 私はお酒好きだからもっと美味しい日本酒が手軽に飲めるようになるなら嬉しいけど」

「……そんなだから安堂さん彼氏できな……」

いんじゃないですかと言う前に、脇腹にパンチをお見舞いされた。

しばらくすると、中川が蔵元の人を連れて戻ってきた。

「どうぞ、こちらに」

「失礼します」

低い声が聞こえ、体格の良さそうな人だなと思った。会議室の入口近くに座っていた直樹は、振り向くようにして入ってきた人を見上げ、息を飲んだ。

(……なんで?)

驚きすぎて息をすることさえ忘れてしまいそうだった。とっさに顔を背けたことを誉《ほ》めてやりたい。

(どうしてこんなところに……)

ありえないと思っていたことが、目の前でおこっている。

「先日の試飲会でお話を聞かせて頂いた、櫻井酒造の津屋大輔《つやだいすけ》さんです。今日も櫻井酒造さんのお酒を持って来て下さってますので、試飲させて頂けるそうです」

「わー、嬉しいなぁ！」

「安堂さん仕事だからね。飲みすぎないでよ」

喜んでいる安堂が他のスタッフに突っ込まれて笑いを誘っていたが、直樹はそれどころではなかった。そばにいる男はまだこちらに気付いていない。今のうちにここから逃げる方法はないだろうかと無理なことを頭の中で考えていた。

少し見えた顔は昔より男らしさを増していた。それに、シャツにチノパンとラフな格好をしているのは、急遽《きゅうきょ》呼ばれたからだろう。

顔を上げることをができず、膝《ひざ》の上で握っている拳《こぶし》には変な汗をかいていた。

「あれ？　櫻井くん、どうしたの？」

俯《うつむ》いて大人しくなってしまった直樹に気付いたのは、安堂だった。

「あ、いえ、なんでも、ないです」

気づかないでくれと心の中で祈っていたけれど、無駄だった。

「……久しぶりだな、直樹」

数年ぶりに名前を呼ばれ、体が揺れる。

何年も声を聞いていなかったのに、胸が苦しくなるような想いが一気にこみ上げてくる。

二度と会わないと決めていたのに。目の前にいる男の姿など、もう忘れたはずだったのに。

直樹は小さく唇を噛《か》みしめた。

そんな直樹の気持ちをよそに、隣にいた安堂が興味津々に聞いてくる。

「ええ⁉　なに？　知り合いなの？」

直樹がはぐらかすように曖昧《あいまい》に笑みを浮かべていると、じれた安堂が矛先を変えた。

「えっと、櫻井酒造の方、津屋さんですっけ？　櫻井君と知り合いなんですか？」

安堂の質問に、大輔がこちらを窺《うかが》うような視線を向けていたが、直樹はそれを無視した。

すると、大輔はその体格のいい肩を竦《すく》めて、安堂の問いに答えた。

「知り合いも何も……櫻井酒造の一人息子ですよ、こいつは」

「えええ――‼」

みんなが驚くのは当たり前だ。直樹だって自分の素性が、こんな形で知られることになるなんて思っていなかった。

これは最悪な展開だ。これ以上、この男に関わってはいけないと頭の中で警鐘が鳴る。

直樹は小さく溜息を吐いて、どうにか気持ちを落ち着かせようとした。

「だからやたらと酒に強いし詳しかったのか～」

よく一緒に飲みに行く安堂が、直樹の素性を知り納得していた。

みんながざわつく中、大輔がこちらをジッと見つめて黙って立っている。

彼は直樹の幼なじみだった。

あの頃は、大輔といるのが当たり前で、考えていることすら手に取るように分かるみたいだった。

そんな大輔と別れて、もう十年が経《た》つ。

まさかこんなかたちで再会する日が来るなんて、思ってもいなかった。

直樹は大輔の顔をちゃんと見ることができず、目も合わせられない。それが自分の中で、あの時のことを消化できていないんだと、思い知らされているようだった。

（なんで、今さら……）

自分の前に現れたのか。もうふっきれたつもりでいたのに、目の前に大輔がいると思うだけで苦い気持ちが甦《よみがえ》ってくる。

直樹はあの時、実家のことも、大輔のことも全て捨てて上京したのに。

その決意すら覆された気がした。

「直樹」

昔より低い声。けれど、直樹の知っている大輔の声だ。

この声で名前を呼ばれるのが、大好きだった。

けれどそれは、もう昔のこと。

直樹は気持ちを切り替えるために、大きく深呼吸をした。

動揺を見抜かれたくない。今は、取引先になるかもしれない相手なのだ。割り切れと自分を叱咤《しった》する。おかしな態度を取ってしまうことは社会人として失格だ。直樹は自分の気持ちを押し殺し、顔を上げた。

「久しぶりだな、大輔」

座ったまま大輔を見上げる。真っ直《まっす》ぐ目をそらさずに気持ちを悟られないように、今まで培ってきた営業力で笑顔を作る。

目の前に立つ大輔の体は引き締まっていて、昔よりさらに大きくなったような気がする。学生の頃、野球部でキャプテンだった大輔は、無口だけれどみんなの信頼が厚かった。顔も直樹が最後に見たときより男らしさを増していた。短い髪に、少し骨張った頬《ほお》。ハッキリとした鼻筋と目元は彫りが深く、その目は昔と同じように力強く、意志の強さを表していた。

「……元気にしてたか？」

「見ての通り、こき使われながら元気にやってるよ」

他の人に不自然に思われないように、大輔に緊張しているのを悟られないように、軽い口調で答える。少しの間、沈黙が流れた。それを打ち破るように安堂が声をかけてきた。

「櫻井くん、仕事の話に戻ろうか」

「そうですね。とりあえず話、進めてよ、中川」

大輔を連れてきた中川に話を振って、その場を免れられたことに内心ホッとしていた。

それにしてもなぜ大輔なのだろうか。営業は昔から事務の人が全てやってくれていたはずだ。

（色々変わってても当たり前か……）

直樹が家を出てもう十年が経つのだ。大輔が直樹の実家に弟子入りしたのだけは、時々こっそりと連絡をよこす母親から聞いて知ってはいたけれど、まさかこっちの試飲会にまで来ているとは思わなかった。

「うちの酒は、米は山田錦《やまだにしき》という酒米の王様と呼ばれているものを、蔵の近くに所有している田んぼで独自に育ててます。他と違うのはその米の栽培に成功した大元の農家さんから稲を分けてもらっているというところです」

大輔が淡々と説明を始める。昔は口下手でどちらかというと人前に出るのが好きではなかった大輔が、営業をしていることに驚いていた。

「今回持ってきたのは、純米吟醸酒です。とにかく、飲んでもらえれば分かります」

と、大輔は持ってきていたクーラーボックスを開ける。そこには小瓶《こびん》が入っていた。まだラベルの貼られていないものなので、出荷用ではないようだった。

その酒を大輔が試飲用の小さなカップに注いでいく。

ふわりと漂う匂《にお》いはフルーツのように芳醇《ほうじゅん》だ。それだけでこの酒を飲んでみたいと思えてくる。

「どうぞ」

目の前に置かれたカップを手に取り、色を見る。

少し黄色みがかっているが濁りがなく、輝いている。

そして香りを吸い込んでみた。

（……これは、もう絶対にうまい）

匂いだけで、分かる。どれだけ蔵人《くらびと》たちが一生懸命、丹精込めてこの酒を造ってきたのか、それだけで伝わってくる。

少し口に含み舌の上で転がすと、鼻に抜ける匂いをまた感じた。とてもバランスが良い。口当たりはスッキリしているのに、しばらくすると味に丸みが出るのだ。

「美味しい～」

「うん、私日本酒ってそんな飲まないけど、これならまた飲みたいって思うわ～」

女性陣の評判は上々だ。中川も「そうでしょそうでしょ」と自分が推薦したものなので、手応えを感じて喜んでいる。

「これ、櫻井くんの実家で造ってるなんてすごいじゃない」

酒が好きな安堂が目を輝かせて、そんなことを言ってくる。

「俺は、もう関係ないっすよ」

家を継ぐわけでもなければ、帰れるわけでもない。

「ん？　なに？」

小さく苦く吐き出した言葉は、安堂の耳には届いていなかった。

「いえ、何でもないです。そう言ってもらえたら、蔵のみんなも喜ぶと思います」

直樹は心の裡《うち》を気取《けど》られないように、笑顔でそう答えた。すると、今度は安堂が大輔を質問攻めにし始めた。

米がどう違うのかとか、造り方に秘密があるのかなど、勢いのある安堂に、大輔がタジタジになっている。安堂の質問攻めは慣れている直樹たちですら手に負えない時があるのだ。大輔の表情は変わっていないけれど、受け答えがカタコトで困っているのが分かる。そんなところは昔と変わってない。

「安堂さん、もうちょっとゆっくり聞いてやって下さい。そいつ、今めっちゃどうしようって顔してますから」

「え⁉　やだ、ごめんなさい。ちょっと食いつきすぎた？」

「いえ、大丈夫です。うまく話せなくて申し訳ない」

少し照れたような大輔に、安堂が「こちらこそすみません」と笑っていて、そんな大輔の姿に直樹の胸がざわついていく。

もう自分のものではない大輔を、本当は見たくなかった。

ずっと、一緒だと思っていた幼なじみは、直樹の手を離して自分の道を歩いている。直樹の知らない時間を大輔はどう過ごしてきたのだろう。自分を捨ててまで選んだ道だ。真っ直ぐ歩いてきたに違いない。

まだ安堂に絡まれている大輔の姿に、直樹はしょうがないなと、つい助け船を出してしまった。

「こっちに来たのは、売り込みだったんだろ？　ならオススメもう何個か持ってきてるのを出してくれ。この企画が通ればうちで取り扱いができるかもしれない」

直樹が割り込んだおかげで安堂の気が逸《そ》れたようだ。「他にも飲ませてくれるの？」と目を輝かせている。大輔はまたクーラーボックスから数本取り出して、説明し始めた。

その後はまたみんなで試飲させてもらった。大輔が口下手の割には頑張って色々と分かりやすく銘柄の説明をしてくれたおかげで、みんなの反応もよくうまくいきそうだ。

試飲が終わり、大輔に捕まる前に逃げなければと会議室から出ようとすると、「直樹」と呼び止められてしまった。しかたなく振り返ると助かったと大輔が頭を下げてきた。

「別に、なにもしてないけど……」

素っ気なく返した直樹の言葉を受け流して、大輔が小さく笑った。その笑い方が昔と変わっていなくて、直樹は胸が締め付けられるようだった。

昔からそうだ。直樹の表情を読み取って理解してくれる。

今もそうだった。お前のことは分かっていると言わんばかりの笑顔で、十年も会っていなかったのが嘘のようだった。

その感覚が、悔しかった。

自分の中に、まだこんなにもこの男のことが残っているのだと、自覚させられた気がした。

入口で立ち尽くしていると、後ろから安堂が声をかけてきた。

「この企画、櫻井くんが担当でいいよね？　私も手伝うし」

「え、ちょっとそれは……」

直樹は焦っていた。このままでは一番避けたいことを押しつけられてしまう。

「実家が櫻井酒造さんっていうのを抜きにしても、日本酒の味が分かるっていうのは十分だと思うのよね」

「いや、だから……」

直樹は困りながらどうやって逃れようか必死に考えると、「俺からも頼む～！」同僚の中川にも頭を下げられてしまい、断る雰囲気ではなくなっていく。

「櫻井酒造さんのお酒は、マニアにはすごく有名だって聞いたし、それがうちのデパートで手に入るって分かれば、女性だけじゃない日本酒好きの人たちの集客も見込めると思うんだ」

中川の拝むような表情と他のスタッフたちの視線に、諦《あきら》めたように「分かったよ」と答えることしかできなかった。

「よかった～！」

と喜ぶ中川をよそに、直樹の中では複雑な気持ちが渦巻いている。

実家との話がうまくまとまるか分からない。それなのに自分が担当でいいのだろうか。本当のことを話せば担当を外してもらえるかもしれないけれど、それは今まで仕事に対してプライドを持ってやってきた直樹の性格が許さなかった。

「今飲ませてもらったお酒、本当に美味しかったし、なるべく融通してもらえるように櫻井くん頑張ってよ～！」

別の銘柄も入れてもいいかもね、なんて気安く安堂は言ってくれるけれど、勘当同然の息子の職場に商品を卸してもらえるのか、それが不安だ。

（参った……）

大きく溜息を吐きたいのをグッと我慢していると、大輔がまた近寄ってきた。

「よろしく頼む、直樹」

「それはこっちのセリフだよ。俺は櫻井酒造を動かせる力なんて持ってねぇし、お前が間に入ってくれないと交渉もままならない」

特に父とはこの十年、一度も連絡を取っていない。多分、こんな息子はもう帰ってこなくていいと思っているだろう。

思い出すだけで苦い気持ちがこみ上げてきて、眉間《みけん》に皺《しわ》を寄せていると大輔に肩を摑《つか》まれた。

「これで、実家に帰らざるを得ないな、直樹」

そう言われてしまい唇を嚙みしめていると、さらに追い打ちをかけてくる。

「俺は……――ずっとお前を探してた」

ヒュッと息が詰まり、喉《のど》が鳴った。会議が終わり雑談をしているみんなの声が、どこかフィルターをかけたように遠くに感じた。

高校卒業以来、大輔には居所も知らせていなかった。

それは唯一連絡を取っている母親にも同じだった。住所や職場は一切教えていない。連絡は携帯のみ。これも、誰にも教えないで欲しいとお願いしていた。

その約束を母は守ってくれていた。特に大輔には知られたくなかったのだ。

幼い頃からそばにいて、その先も一緒にいると疑っていなかった存在。

それが大輔だった。

その存在との決別。それは直樹の初恋が終わった瞬間でもあった。

今まで生きてきた中で、一番辛く悲しいできごとだった。だから忘れようとした。

やっと前を向き歩けるようになったと思っていたのに、今回の再会だ。神様は本当に意地悪で、試練を与えるのが好きなんだなと思うしかない。

直樹に声をかけてきたあと、大輔は中川と安堂に捕まった。その間に直樹は部屋を出た。大輔がこちらを気にしていたけれど、追ってはこなかったことにホッと胸を撫《な》で下ろした。そのあとは外で打ち合わせがあると、逃げるように会社を出た。外は雨が降り出しそうにどんよりとしていて、湿度の高い空気がさらに直樹の体を重たくする。

その空気を吸い込んで、大きく溜息を吐いた。

頬に雨が一粒当たった。途端に大粒の雨が降り始めて、直樹は走って駅へ向かう。あっという間にずぶ濡《ぬ》れになってしまった自分に、今日は厄日《やくび》だと肩を落として迷路のような駅の通路へ下りたのだった。

押し寄せてきた一日の疲れに、直樹は大きく溜息を漏らした。

直帰していいといわれ気が緩んだのか、電車で居眠りしてしまい、乗り過ごして数駅戻る羽目になってしまった。

夕飯は作る気力もなく駅前のコンビニで買った。店を出ると雨はまだしとしとと降り続いていた。長雨が続くと洗濯物が乾かなくて困る。それだけでも気が滅入るのに昼間のことを思い出してまた憂鬱な気持ちになった。

「はぁ……」

直樹の大きな溜息は雨の音に消されていった。あまりにも急いで会社を出たので傘を持ってくるのを忘れてしまい、途中でビニール傘を買うはめになってしまったのも、ついていなかった証拠だ。

その傘を差しながら歩いていると、自宅のマンションが見えてきた。独身用のこぢんまりとした小さなマンションに直樹は住んでいる。入口にある郵便受けをのぞき、ダイレクトメールやチラシはその場にある資源回収用のゴミ箱に捨てた。

直樹の部屋は二階なのでエレベーターを使わず階段を上がっていく。ずらりと同じドアが並んでる三つ目の扉が直樹の部屋だ。そこに人影が見えて思わず立ち止まった。

(なんで……ここが……?)

部屋の前にいたのは、今日一日直樹を疲れさせた張本人、大輔だった。

ここの住所を知るはずがないのに、どうしているのだろうか。

「やっと帰ってきたか」

直樹の姿を見つけた大輔が声をかけてくる。困惑と同時に怒りにも似た感情がわき上がってきた。

「どうしてこの場所を知ってるんだよ！」

怒る直樹に対し、大輔は昔と変わらぬ冷静な声だ。

「お前の先輩の安堂さんに、ずっと会えなかったから積もる話があるって言ったら教えてくれた」

その言葉に直樹は小さく舌打ちをした。安堂はさばさばしているけれど、情に厚い。大輔がそんな言い方をしたのなら、気を利かせて教えてしまったというところだろう。

「何しに来たんだよ」

直樹は言葉に怒気を込めている。それでも大輔は飄々《ひょうひょう》と「お前に会いに」と返してくるから腹が立つ。

「は？　なんで今さら？　俺は会いたくなかったし仕事以外でお前に関わる気はないから」

「俺はお前とちゃんと話がしたい」

「俺にはそのつもりはないって言ってる！」

声を荒げてしまったことで、疲れが一気に増していく。

「いいから、帰ってくれよ。俺はお前に会っただけで今日クタクタなんだよ」

フツフツとした怒りはまだ腹の奥にあるけれど、それを押し殺し溜息混じりに言い放つ。もう話をする気はないと、大輔を無視してその横を通り過ぎ鍵を開け、そのまま部屋に入り、内側から鍵をかけた。

（これで、諦めて帰るだろ）

「はぁ……」

今日何度目か分からない溜息を吐いて、靴を脱いだ。食べる気をなくしてしまったコンビニ弁当をテーブルの上に置いてから、外の気配が気にならないようにテレビをつけた。

雨に濡れたスーツを脱ぎ、部屋着に着替える。

けれど気にしないようにしている時点で、直樹の負けだった。

結局玄関の外が気になってしまい、見えるわけでもないのに何度もチラチラと視線を向けてしまっていた。

大輔の性格なら、諦めずにずっと待つだろう。それを知っている自分が悔しい。

「くそっ……」

立ち上がり、玄関ののぞき窓から外を見る。けれど直樹の予想は外れ、そこには大輔の姿はなかった。

肩すかしを食らったような気がして、そんな自分に腹が立った。

なぜ自分ばかりがこんな気持ちにならないといけないのだろう。

疲れていても体は正直だ。ぐう、と腹の虫が鳴って、やっぱり買ってきたコンビニ弁当を食べようと、部屋に戻ろうと思った時だった。

玄関の扉がガタンと音を立てた。

まさかと思い玄関を開けようとすると、重たくて動かない。その隙間《すきま》から人影が見えた。

どうやら大輔がドアによりかかり座っているらしい。

「なに……やってんだよ」

ドアの間から声をかけると、「お前と話をしたいから待ってるだけだ」と返ってくる。

「俺にはない」

「じゃあ、その気になるまで待つ」

つっぱねて冷たく答えても、大輔は気にしていないようだった。昔からそうだ。こっちの気持ちはお構いなしで、自分の意志を貫くときは、誰が何を言っても曲げない。

だからといって、直樹だって折れることはできない。

「その気になることなんてないから帰れ」

そう言って、ほんの少しだけ開いていたドアを閉めようとしたときだった。コツコツと足音が聞こえてくる。同じ階の誰かが帰ってきたようだ。しかもこちらに足音が向かってきているので、大輔が座り込んでいるのはもう見られてしまったに違いない。

これで変な噂《うわさ》を立てられて困るのは直樹だ。

「くそっ……」

ドン、と思いきりドアを開けると、歩いてきたのは運悪く隣人で、目が合ってしまった。

「こ、こんばんは……」

繕うように笑顔で挨拶したが、隣人は不審そうにこちらを見ている。それはそうだろう。大きな男が部屋の前に座り込んでいるのだ。

「ちょっと、友人と年甲斐《としがい》もなく喧嘩《けんか》してしまいまして……」

なんて聞かれてもいないのに下手くそな言い訳をしながら苦笑いしていると、大輔は立ち上がり、いつの間にか直樹の部屋のドアに足を挟み込んでいた。

「お騒がせしました」

そう言って頭を下げたのは大輔で、滅多に顔を合わせない隣人が「はぁ」と、不思議そうに答えて部屋に入っていった。

「帰れ」

直樹は低い声で、もう一度大輔に告げる。

ドアを閉めようにも、体を入れ込まれてしまい閉められない。

「諦めろ」

まるでこっちが諦めが悪いとでも言わんばかりの大輔の口調に、腹が立つ。

「どっちが！」

また声が大きくなってしまい、あっと思った時にはもう遅かった。グイッと扉を引かれ、ついに侵入を許してしまった。

「入ってくんな！」

出てけよ、と体を押し出そうとしても、昔より体つきが大きくなっている大輔には敵《かな》わなくて、それがまた癇《かん》に障る。

触ったところからじわりと体温が伝わってきて、直樹は思わず手を離した。

体温の高い大輔にくっついているのが好きだった。寄りかかっても文句を言わない大輔に甘えて、いつもそのぬくもりを感じていた。

そんな昔の甘ったるい記憶が甦ってくる。

もうこんな男のことは忘れたはずなのに、傷ついた心は、まだジクジクと治りきらずに、直樹を苛《さいな》んでいる。

「話すことは、なんにもない」

押し返しているのに、結局どんどんと大輔が部屋の中へ入り込んできた。

「俺には、ある」

「お前の話なんて聞きたくねぇんだよ、帰れ」

冷たく言い放っても大輔は怯《ひる》まなかった。

こうなったら、もう堂々巡りだ。

リビングまで入り込まれ、追い返すことを諦めた。

ここまできたら梃子《てこ》でも動かないのを直樹は知っている。なら、一度受け入れるふりをした方がいい。

「コーヒー一杯、飲んだら帰れ」

そう言って直樹がキッチンに向かうと、大輔はものめずらしそうに部屋を見渡していた。

田舎に比べれば、全てが小さな作りになっている。直樹も上京したての頃は、息苦しさを感じたものだ。今ではもうそんなこともなく、むしろこの狭さが落ち着く感じがする。

インスタントコーヒーを入れてリビングに行くと、カーペットの上に座りあぐらをかいてすでに寛《くつろ》いでいる姿の大輔がいた。

「おい、お前、これ飲んだら本当に帰れよ」

「どこに？」

「そんなの知るかよ。宿泊してるホテルに帰れ」

「めんどくせぇな……」

ぼそりとそんなことを言う大輔に、はぁと諦めに似た溜息が漏れた。

今日はこいつのせいでいつもより疲れていたのに、またさらに帰ってきてからも振り回されてドッと疲れが襲ってきた。

「飯は？」

そう問うと「適当に食った」と返ってきた。

気にしてくれるのか？　と片眉を上げる大輔にふんと鼻を鳴らし、直樹はその存在を無視して買ってきたコンビニ弁当を食べ始めた。


直樹がコンビニ弁当を食べ終わっても、大輔の飲んでいるコーヒーがなくなることはなかった。

少しずつは減っているのだが、どうやらゆっくり飲んで居座るつもりらしい。

（こざかしくなりやがって……）

昔は直球勝負しかできなかったくせにと、自分の知っている大輔と比べてしまう。

「飲まないなら片付けるぞ。早く帰れ」

悔しいのでマグカップを下げようとすると、「まだ飲んでる」と阻止された。

「お前なぁ……」

さすがに呆《あき》れて大きく溜息を吐くと、「じゃあ、話をしてもいいか？」というので、「イヤだ」と首を大きく横に振る。

今さら何を話せというのだ。大輔だって、昔話をしたいわけではないだろう。そんな話をされたら直樹は恨み言しか出てこない。

テーブルのはす向かいに座っている大輔は、直樹の拒否に小さく肩をすぼめ、またカップを口に運んだ。

これだけ拒絶しているのに、帰ろうとはしない。こちらが嫌だと言えば話しはしない。一体何がしたいんだといぶかしむ直樹は、話すことはないとテレビのボリュームを上げた。

そういえば、昔もこうして直樹か大輔の部屋で、なにを話すわけでもなく過ごしていた。

同じ年の幼なじみ。物心ついた頃には一緒にいた家族同然だった存在。

十年も会っていなかったのに、すぐに違和感がなくなっていく。大輔がいることに慣れてしまえば、以前と同じ空気が流れ、直樹の緊張もいつの間にか溶けていた。

(いやいや、ダメだダメだ。俺もなにまったりしちゃってんだよ……)

一緒にテレビを見てる場合ではない。チラリと時計を見ればもう日付が変わりそうな時間だった。

「お前、ホントにもう帰れよ」

そう言った直樹に、大輔が含みのある笑みを浮かべて言った。

「もう、上りの最終電車がなくなった」

「あっ……」

電車は上りの方が先に終わってしまう。都心から下り方面に住んでいる直樹が使う最終電車は、もっと遅い時間なので油断していた。

「泊めてくれ」

「いやだ」

「風邪引いちまう」

「そんなヤワじゃねぇだろ!」

昔から大輔が風邪を引いてるところなんて見たことがない。どちらかというと直樹の方が弱くて、いつも大輔に看病してもらっていたくらいだ。

「その辺で野宿でもしてろ」

直樹の悪態を右から左に聞き流した大輔が、自分の鞄《かばん》からタオルにくるまれたものを取り出した。

「コップあるか？」

ゴト、と硬い音を立てて大輔がテーブルに置いた。それが何なのかすぐに分かった。丁寧に包まれていたものは、実家の酒だ。

さっき職場に持ってきていたもの同様、ラベルのついていない小瓶で、出荷用ではないだろう。

「お前にこれを飲ませたくてな」

そう言って大輔がその瓶を大切そうに指でなぞる。まるで愛《いと》おしいものを見るような目は、直樹には苦しいだけだった。

こみ上げるような苦い気持ちに耐《た》えきれず、直樹は立ち上がり大輔から目をそらした。

「なんかグラスあるか？」

「……待ってろ」

そう言ってキッチンに向かい、グラスを二つ手に取った。その小さなガラスの器には、削り模様が入っている。いわゆる切り子というやつだ。

無言で大輔の前に置いて自分も座る。

「いい器だな」

直樹の持ってきたグラスを手にとって、大輔が口元を緩ませた。

「安もんだけどな」

そんなに高いものではないけれど、一目で気に入って購入したものだった。

「相変わらずお前はセンスがいい」

「誉めてもなにも出ねぇよ」

「つまみくらい出してくれ」

こうやって適当に話を合わせておけばいい。何事もなかったように送り出して、またいつもの日常に戻るのだ。そして今日のことなど忘れてしまえばいい。

トクトクと音を立てて注がれる日本酒は、昼間試飲させてもらったものより少し色の薄い感じだった。けれど匂いはまろやかで甘みを含んでいる。

「うまそうだな」

注がれたグラスを持ち上げて、直樹が呟くと大輔が満足そうに笑っていた。

とろみがあるようにも感じる液体を、直樹は口に含む。その途端、口いっぱいに日本酒の旨味《うまみ》が広がっていく。

喉を通るときもスウッと吸い込まれていくようだ。これならすいすいと飲めてしまう。

「うまいだろ?」

直樹の心の中を見透かしたように大輔が聞いてくる。

悔しいけれど、本当に美味しい。今まで飲んできた酒の中でも、一、二を争うくらい美味しいと思った。

「これは、試飲の時に出してなかったよな?」

直樹の問いに大輔は頷《うなず》いて、また酒瓶を愛おしそうに撫でた。

「これはまだ、公表してない酒なんだ」

「新酒ってことか?」

「まあ、そういうことだな」

そういった大輔からは自信がみなぎっていた。昔からそうだった。大輔の中には、しっかりと揺らがないものがある。直樹には、それが眩《まぶ》しくて羨《うらや》ましかった。

だからこそ、大輔に惹かれたのだろう。

そんな苦い想い出のような気持ちが甦り、直樹はグラスをグイッと呷《あお》る。

「もっと」

乱暴に差し出すと、大輔は「味わって飲め」と肩を竦めながら、それでもその新酒を注いでくれた。

つまみは残っていたチーズとハムくらいしかなかったけれど、それでも十分美味しい酒が飲めた。

特にチーズとの相性は抜群で、直樹はするすると杯を重ねてしまっていた。

「……ほんと、旨《うま》いよこれ」

大輔を誉めるようで悔しいけれど、嘘をつきたくなくて本音を言うと「お前にそう言ってもらいたかったんだ」と、スッと手が伸びてきて頰を掠《かす》めていった。

その瞬間、直樹の心臓が大きく跳ねた。

少しザラザラした掌《てのひら》は、昔より硬い。それは力仕事をしている証拠だ。

幼い頃、父親に触られたときと同じ感触に胸が締め付けられるように痛くなった。大輔の手も父親の手も、どちらももうなくしてしまったものだ。

その手が直樹の頰に触れたのは、ほんの一瞬だった。それなのに、まだ触られたところが熱い。

酒のせいなのか、十年ぶりに現れて苦い気持ちを甦らせた大輔のせいなのかは分からないけれど、無性に泣きたくなった。

自分がこの酒に関わることがなかったのは、どうしてなのか。

本当は、家業を継ぐ気だった。杜氏《とうじ》にはなれなくても、自分が切り盛りして蔵元を継ぐつもりでいた。

情けない顔を見られたくなくて、直樹は後ろに倒れるようにして、両手で顔を覆った。

「飲みすぎだ。寝るならベッドへ行け」

「……お前は俺の母親か」

顔を覆ったまま、直樹は無理に笑い声で答える。昔から直樹の面倒を見るのが大輔の役目だった。十年ぶりに再会しても、言うことは変わらない。

大きく息を吐いて、こみ上げてきたものをどうにか逃がすと、体を起こした。

「飲みすぎた、寝るべ」

明日が休みで良かった。このままでは昔の疵《きず》を引きずってしまうだろう。気持ちを立て直す時間があってよかった。

シャワーは明日の朝でいいと、部屋着のままベッドに潜り込む。横になるとすぐそこに座っている大輔と目が合った。

ジッと見つめられ、胸が痛むのと居心地の悪さに眉《まゆ》を寄せた。

「なんだよ」

全てを見透かされているような強い視線に思わず目をそらすと、大輔の手が伸びてきた。髪を撫でようとする手を振り払い、寝返りを打って背を向けた。

「お前はそこのクローゼットに、客用の布団一式入ってるから勝手にしろ」

「……ありがたく使わせてもらうよ」

大輔をもてなしてやるつもりはない。勝手に来て勝手に泊まっていくだけだ。

ガタガタとローテーブルを移動して、クローゼットから布団を出して寝床を作った大輔が、

「電気消すぞ」と声をかけてくる。

返事はないけれど、直樹が寝ていないのは分かっているのだろう。もう一度「消すぞ」と言って電気を落とした。

しばらくしてウトウトとし始めた頃だった。

「寝たのか？」

と大輔が声をかけてくるので、「寝てたよ」と不機嫌に答えると、「悪かった」と歯切れの悪い返事が聞こえてきた。

「……直樹」

「あんだよ」

もう俺は眠いんだけど、と抗議しようと思った時だった。

「オヤジさんの具合が、よくない」

「えッ!?」

横になっていた直樹は思わず飛び起きた。あの健康だけが取り柄の父親が、病気だなんてありえない。

いや、ありえなくはない。直樹が家を出てからもう十年も経っているということは、親もそれだけ歳《とし》をとったということだ。なにが起きてもおかしくない。

家を出たときから、親の死に目には会えない覚悟ではいたけれど、実際にそんな話を聞く

と動揺してしまう。

「ど、こが……悪いんだ？」

命に関わるような病気なら、早く検査をさせないと手遅れになってしまう。

「まだ、分からない……病院にいってくれないから、困ってる」

体調不良なのはあきらかなのにいうことを聞いてくれない、と大輔がぼやく。それは、想像ができた。直樹の父親は昔気質《かたぎ》の人間なので、とにかく病院嫌いなのだ。

「だから、お前をどうしても探したかった。何かあったら知らせることができるようにしておきたかった」

その大輔の言葉に、なんだそうだったのか、と乾いた笑いが漏れた。

（そうか、そうだよな……）

少しだけ、期待してしまっていた。

大輔もまだ自分を忘れられないいんじゃないかと。だから直樹の前に姿を現したんだと勝手にそう思っていた。

追いかけてきてくれたと、心のどこかで期待していた。

けれど、本当に追いかけてくる気があれば、あの時、十年前のあの日、直樹の手を離さなかったはずだ。

それにもう十年も前に終わったことを、この男が引きずっているはずなかった。

——もう自分の道を真っ直ぐに進んでいるのだから。

「どうした？　なにがおかしい」

「いや、オヤジらしいなって思っただけだよ……あとお前もな」

電気が消えていて良かった。今の直樹はすごく情けない顔をしているだろう。

「……悪いけど俺は力になれない。お前も朝俺が起きる前に、出て行ってくれ」

直樹の強い拒絶に、大輔は一瞬何か言いかけたようだったけれど、「分かった」とだけ答え、
そのあとはシンと静まりかえった部屋に、ただ互いの呼吸だけが響いていた。


翌日、目が覚めると大輔の姿はどこにもなかった。

きちんと畳まれた布団と、そしてテーブルの上には置き手紙があった。

【また、連絡する】

「なんのためだよ」

父親のための連絡なら、母親から来るだろう。それで十分だ。

大輔の置き手紙をくしゃりと潰《つぶ》し、ゴミ箱に投げ込むと、またそのままベッドの中に潜り込む。

昨日は父親のことと、大輔が突然現れたことで色々と思い出してしまい、朝方まで眠るこ

とができなかった。おかげで大輔が出て行ったのも気づかなかった。

結局、忘れられないのは直樹なのだ。

十年経ってまたこんな想いをするなんて、滑稽《こっけい》だ。

昨晩見た昔と変わらない大輔の寝顔に、悔しさと愛おしさに似たものまでこみ上げてきて、少しだけ涙が出た。

大きく溜息を吐いてまた布団に転がった。俯《うつぶ》せになって枕に顔を埋《うず》めると、またウトウトと睡魔が襲ってくる。

――懐かしい景色。優しい風。

過去の記憶が、直樹の脳裏を駆け巡っていた。

★

小さな田舎町の温泉街。そこが直樹と大輔の生まれ育った街だ。

夏に伝統的な大きな祭りがあり、観光客も多く訪れ街も盛り上がりをみせる。

閉鎖的な部分もあるけれど、直樹はこの街が好きだった。

造り酒屋の跡取りとして生まれ、頑固で職人気質な父と、それに対して明るくさばけている母、仕事に熱心で優しい職人たちに可愛がられながら、直樹はすくすくと育った。

その直樹の家の近くに旅館をかまえていたのが、大輔の家だった。

櫻井酒造の酒は大輔の家の旅館にも卸され、食事の中の目玉の一つにもなっていて、美味しい酒に美味しい料理が食べられると評判だった。

そんな、忙しい家に生まれ育った二人は、一緒にいることが当たり前だった。

小さい頃は口数の少ない大輔を直樹がかばっていたが、小学校にあがると大輔はあっという間に直樹より背が大きくなり、そんな必要もなくなった。

抜かされたのが悔しくてたくさん牛乳を飲んだけれど、そこは体質だったのだろう。その後、直樹が大輔を追い抜かす日は来なかった。むしろどんどんと引き離されてしまい、途中で諦めた。

直樹は女の子に間違えられるほど可愛らしい顔立ちに加え、体の線が細かった。冷やかされることもあったが、大輔がいたおかげでいじめられることはなかった。

無口でムスッとしている大輔に対し、直樹は誰とでも話をする社交的なタイプだ。

大輔は悪気はないのに言い方がストレートで、それが人を不愉快にしてしまうことも多かった。

彼の性格をちゃんと分かってくれている友人もいたけれど、そんな人たちばかりではないのも確かで、その度に直樹は大切な幼なじみの悪口をいわれるのが嫌で、大輔のいないところでフォローを入れていた。

けれど、それも成長するにしたがって少なくなっていった。

中学に上がると、大輔が野球部で注目を集めるようになったのだ。秋大会で一年生で四番に抜擢《ばってき》されて大活躍を果たし、それからというもの大輔に興味を示す女子が増えた。本人は気にしていないようだけれど、幼なじみとしては鼻が高かった。

そんなある日のことだった。

「櫻井くんって津屋くんと幼なじみなんだよね？」

同じクラスの佐藤《さとう》という女子が、大輔のいなくなったすきに直樹に声をかけてきた。クラスでも人気がある子だ。

「そ、ずっと一緒。それがどうしたの？」

大輔と一緒にいるとき、女子はほとんど声をかけてくることはない。大輔が取っつきにくいということもあり、幼なじみの直樹に探りを入れてくる女子が増えてきていた。

野球で注目を集めるまでは、「怖い」と近寄りもしなかったくせに、と内心面白くなかった。

「この前、野球部で活躍したんだってね。津屋くんってずっと野球やってるの？」

「そうだよ」

そんなの直接大輔に聞けばいいじゃないか、と思いながらも笑顔を絶やさない。

「すごいね、一年生で四番になったんでしょ？　しかもこの前の大会、県でベスト十六に入ったんだってね～。今度応援に行きたいな」

「だってさ、大輔」

戻ってきていた大輔が佐藤の後ろに立っていたので話を振ると、「当分試合はないぞ」と素っ気ない答えが返ってくる。

佐藤は話を聞かれてしまったのが恥ずかしかったのか、顔を赤らめて「そうなんだ、残念」と言って自分の席に逃げ帰ってしまった。

「お前と話がしたいみたいだぞ、佐藤さん」

からかうように大輔に言うと、眉を寄せてムッとするのが分かった。

「直樹を使おうとするのが気に入らない。なにか用があるのなら直接俺に言えばいい」

真っ直ぐな大輔らしい答えだった。そしてその言葉を、嬉しく思っている自分がいた。

「まあ、そういうなって。じゃあ、今度からお前に直接聞けって言うけどいいのか？」

「……めんどくせ」

「ほらな？　いいんだよ、お前のことは俺が適当に言っておくから」

直接大輔に話しかける子がいたときは、自分で対処してもらうけど、直樹を介してくるようなら、どうにでもあしらうことができる。

直樹にとってもその方が都合が良い。

大輔の特別は自分だけだと、この場所だけはなぜか譲りたくないと思っていた。

「部活、終わったら待ってる」

中学では大輔は野球部、直樹はバスケ部に所属していた。

「了解」

授業開始のチャイムが鳴り、直樹は大輔にそう告げて席に戻る。昔から一緒に帰ることが当たり前で、中学に上がってもそれは変わらなかった。

直樹に話しかけてきた佐藤はこちらをチラチラと窺っていたけれど、そのまま見て見ぬふりを決めこんだ。

午後の授業が終わり、直樹と大輔が部活に向かおうと教室を出たとき、佐藤がまた声をかけてきた。

「……あの、さっきはごめんね」

「別に気にしてないから大丈夫だよ」

あいつの言い方も素っ気なくてゴメンね、と代わりに謝ると、佐藤は直樹ではなく大輔の方に視線を向けた。

「また、明日ね。津屋くん、今度からちゃんと聞きたいことは、津屋くんに聞いてもいいかな?」

上目遣いで大輔を見ている佐藤は、明らかに秋波を送っている。

（あ〜……すっげぇあからさまだな……）

大輔はどう答えるだろうか。話しかけてもいいかと聞かれているだけなのに、直樹の心中は穏やかではない。

「好きにすればいい」

大輔がそう答えると、その返事を都合良く取った佐藤は、嬉しそうに「ありがとう」と言って教室に戻って行った。

なんとなくムカムカしていると、大輔が「行くぞ」と直樹に声をかけて先を行く。その表情は変わらないように見える。けれど、不機嫌なのは直樹には分かっていた。

「なに怒ってんの？」

追いかけるようにして横に並び大輔にそう問いかけると、こちらに視線を向けた。

「あの女が何をしたいのかよく分からん」

やはり不機嫌だ。他の人が聞けばあまり違いは分からないかもしれないが、直樹には分かる。そんな大輔の答えに気を引きたいんだってば、と直樹は内心で呟いた。遠回しなことが一切通じない大輔らしい。

「まあ、ガンバレって感じだな」

「なにがだ？」

「彼女が」

おまえも意味が分からん、と野球部の大きな鞄を持ち直した大輔が、「またあとで」と部室に向かっていった。

ひらひらと手を振って直樹も部室へ向かう。

振り返ると、大輔がちょうど校庭の隅にあるプレハブの部室に入るところだった。何も気にしてなさそうな顔をしている大輔に、ホッと胸を撫で下ろす。

大輔が女子に興味を持っていなくて良かったと思う。どうしてそんなことを思うのか、直樹にはよく分からない。ただ、自分が一番じゃなくなるのが嫌だというのは、自覚している。小さい頃からずっと一緒にいた大輔を、他の人に取られたくないという独占欲。きっとそれだけのことだ。

「まあ、いいか……」

と呟いて体育館へ移動する。

直樹が部活に入ったのは、大輔に合わせるためだった。

それともう一つ、家の手伝いをしたくないというのもあった。

別に実家の家業が嫌いというわけではなく、ただ単に思春期特有の反抗だ。

早い時間に家に帰れば手伝いが待っているのは分かっていたし、それだったらいっそのこと自分も部活に入ろうと、たまたま一番得意だったバスケ部に入った。

練習は結構キツいけれど、それなりに楽しい。それでも、やっぱり大輔といるときが直樹にとって一番楽しく、落ち着く時間だった。

直樹は体育館裏のバスケ部の部室で着替えると、キュッキュと体育館の床を鳴らしながらアップを始めているチームメイトの元へ向かった。


部活が終わると、校庭の横にある花壇に座って大輔が終わるのを待つ。

野球部は最近強くなってきているので練習時間が長い。大輔は先に帰っていいというけれど、直樹はいつもその場所で待っていた。

だんだんと陽が落ちていくのを眺めていた。空が高い。形が変わる雲を見ているのは、嫌いではなかった。

「悪い」

しばらく空を見上げていると、部活を終えた大輔に後ろから声をかけられた。

「んー、大丈夫。俺もさっき終わったばっかりだから」

「練習キツかったのか?」

「まあそこそこ。野球部よりは軽いと思うぜ」

行くか、と腰を上げて大輔の隣に並ぶ。学校から徒歩で二十分と少し。直樹はこの時間がなにより好きだった。

「お前今日も帰ったら家の手伝い？」

「いや、今日はそんなに泊まり客が多くないから、大丈夫だ」

「マジで？　じゃあ飯食ったら俺の部屋集合な」

「分かった」

そう言って大輔と家の前で別れた。

蔵の奥ではまだみんな働いている音がする。米の匂いを嗅《か》ぐと自分の家に帰ってきたんだと思う。これが、直樹に染みついている匂いだ。

「ただいま」

入口で声をかけて、奥の自宅へ進む。大抵この時間はまだ店舗が開いているので、店の人に声をかけるのがもう習慣だった。

「なおくん、お帰り〜。女将《おかみ》さん夕飯作って待ってるよ」

「分かった」

そう言って母屋《おもや》へ入ると、すぐに母親の声が聞こえてきた。

「おかえり、ご飯食べる……っていうか汗臭いからお風呂入ってきな。くさい！」

「うっせーな！」

直樹が言い返すと、母はケラケラと笑っていた。明るくてさばけている母の性格に、みんな助けられていると思う。

大輔も母親には、反抗期なのに結局逆らえたことがなかった。

母親に言われた通り先に風呂に入り、夕飯を二人で食べた。父と職人の人たちはもう少ししたら夕食を取りにやってくる。その前に部屋に戻ろうとすると、ちょうど大輔がやってきた。

「こんばんは」

「あら、大ちゃんいらっしゃい。今日はお手伝いしなくていいの？」

母にそう聞かれて大輔は「今日は大丈夫」と答え勝手に部屋に入ってくる。それももう当たり前の光景だ。Tシャツにスウェットと、家にいるのと変わらない格好だ。

「大ちゃんは偉いよねぇ……誰かさんと大違い」

笑いながら言う母親の視線が痛い。このままではまた嫌味を連発されてしまう。

「大輔行こう」

と大輔を連れ二階にある自分の部屋に逃げ込んだ。

ドアを閉めると、はぁと大きく溜息を吐いた。

「ったく、最近何かと言えばあれだよ。勘弁してくれ……」

俺だってちゃんと考えてるっつーの、と漏らすと大輔が小さく笑った。

「それをちゃんとおばさんたちに言えばいい」

喜ぶのにと言われ、直樹は恥ずかしさを隠すために、わざとらしくフンと鼻を鳴らして顔を横に向けた。

大輔にだけは話していた、直樹の未来予想図。

中学は遊ばせてもらって、高校からちゃんと家の手伝いをする。酒についても色々と学ぶつもりでいた。そして大学も家業に役に立つ学部を選ぼうと思っている。

「まだ、いいんだよ。俺はまだ遊びたいから、言わない」

「かっこつけるの好きだよな、直樹」

「うるさいっ！　お前だって女にモテモテのくせに」

言ってしまって、あっと思った。

「なんだそれ？」

やっぱり気付いてなかった。それが分かっていたから知られないようにしていたのに、つい口が滑ってしまった。こうなると、大輔の性格上、誤魔化《ごまか》すことはできないので、今日佐藤がどうして直樹に近づいてきたのか、大輔に話しかけたのか、理由を教えてやった。

「お前に気があるってこと。あわよくば彼女の座とか狙《ねら》ってんじゃね？」

そう言った直樹自身の胸がなんとなくざわついた。

さっきと同じ独占欲のような、嫉妬《しっと》のようなものが胸の中にわきあがってきてモヤモヤとする。

やっと理由が分かった大輔は、あからさまに嫌そうな顔をしたあと、「興味ねぇ」と呟いて不機嫌を隠さずゴロリと横になった。

そんな大輔の態度に、ホッとしている自分がいた。幼なじみを取られるのがこんなに嫌なものなのかと、自分でも不思議なくらいだった。

「お前は今野球頑張ってるしな」

そういうと大輔がこちらを見た。

「女とかめんどくせぇ。だったらお前といる方がいい」

その言葉がすごく嬉しかった。直樹と同じ気持ちでいてくれていた。

「俺も、お前といる方がいいわ」

そう言って大輔の近くに寝転ぶと、目が合って二人とも顔が緩んだ。

いつもの他愛もない時間。それが直樹と大輔にとって当たり前で、なくせない時間だった。


中学三年生になると、直樹も身長が伸び男らしい体つきになった。顔立ちも女性に間違えられるようなことはなくなったが、甘い雰囲気を残しそれなりにモテるようになった。

大輔はそれ以上に成長していて、また差をつけられてしまった。直樹は百七十センチまで伸びたのに対し、大輔はそれより十センチ高い百八十センチにまで育っていた。

進級してクラスは別々になってしまったけれど、相変わらず一緒にいる。

いつものように休み時間、友達と話していると、気さくに話しかけてくる清水《しみず》という女子に、ちょっと相談があると持ちかけられ、部活のあとに教室に来て欲しいと言われた。

大輔と一緒に帰っているので時間が少し気になったけれど、バスケ部の方が野球部より終わる時間が早い。それなら大丈夫だろうと、直樹は部活を終えてから制服に着替えると、教室へ向かった。

ドアを開けるとまだ日が長く、教室に夕日が差し込んで机に反射して眩しかった。中には約束通り、清水が待っていた。

「あっ！　お疲れ櫻井くん」

「……おう、お疲れ。どうした？」

なんとなく、呼ばれた理由はわかっていた。どうせ大輔のことを聞きたいのだろう。

「あのさ、櫻井くんって……付き合ってる人とか、いるのかな？」

直樹の予想に反して言われた自分の名前に、思わず聞き返してしまった。

「大輔じゃなくて？」

大輔は今、野球部のキャプテンで、頼れる四番。気が付けば無口な大輔に憧《あこが》れる女子が多くなっていた。

「えっ、違うよ……えっと、私が好きなのは櫻井くんなんだけど……もしよかったら……付き合ってもらえませんか？」

清水は特に秀でて可愛いというタイプではないけれど、性格が明るいしクラスでも人気者だった。

正直、悪い気分ではなかった。直樹もモテるモテないでいえば、モテる方だと思う。ただ、一緒にいる大輔がモテすぎていて、かすんでしまっていた。

告白は嬉しいけれど、それだけで付き合う気にはなれなかった。特に彼女が欲しいわけでもないし、そんな中途半端な気持ちで付き合うのも、悪いと思った。

だから、直樹は頭を下げた。

「ごめん。嬉しいけど、俺、今誰とも付き合う気はないんだ」

いつか、誰か好きな人ができて、付き合ったりするんだろうなと漠然と思っていたけれど、最近そのことに違和感を覚えていて、今も女子に告白されたというのに、何一つときめいていない自分がいた。

正直な気持ちを伝えると、清水は一瞬泣きそうな顔をしたけれど、すぐに笑顔に変わった。

「そ、っか……急に呼び出して、ごめんね……」

「いや、こっちこそ、ゴメン……」

気まずくて、なんて声をかけたらいいのか分からない。けれど清水はもう一度「ごめんね」と笑った。

「最近櫻井くんとよく話しをするようになって、楽しいなって思ってたんだ。フラれちゃったけど今まで通りまた話してね！」

バシンと肩を叩かれて、直樹はホッとした。

彼女はとても良い子だと思う。傷ついているだろうに、直樹のことを気遣ってくれる。

「こっちこそ、友達でいてくれると助かる」

「もちろん！」

じゃあ、呼び出してゴメンねと、清水は先に教室を出て行った。

「はぁ……」

誰もいなくなった教室で、直樹は大きく溜息を吐いた。三年生の教室は三階で、窓の外からはまだ野球部が練習している声が聞こえてくる。

窓に近づいて、直樹は校庭を見下ろした。

探さなくてもすぐに分かる。いつもそばにいる大輔の姿。もうすぐ終わりなのだろう、整列して最後のランニングの指示をしていた。

その大輔がチラリとこちらを見た。

「っ……」

目が合って、見慣れている幼なじみの姿に、ドクリと心臓が鳴る。

「なんで、……俺がここに居るって分かるんだよ……」

告白されたのを見透かされたような気がして、居心地が悪い。

なによりここ最近、大輔は男らしさを増したような気がして、同性で幼なじみの直樹から見ても、格好いいと思うようになっていた。

それは最近覚え始めた違和感とも関係していた。

年頃の男の子だ。性的なことに興味があるのは当たり前で、直樹ももちろんそういう話になると、一緒になって友達と盛り上がったりしていた。

女の体に興味も出て、何組の誰の乳がデカいとか、彼女持ちのやつがキスをしただの噂話をしたり、エッチなビデオも回ってきたこともある。

けれど、みんなが言うほど興奮できなかった自分がいた。

いつか本当に好きな人ができたら、自分も女性とセックスをしたくなるんだろうか。

想像しても自分の中から湧き上がってくる性欲はない。

それが違和感の一つだったのだ。

もしかしたら自分は、他のみんなより性欲が薄いんだろうか。それともただ単にまだ興味が持てないだけなのか。自分でもよく分からない。

グラウンドを走る大輔を見ながら、直樹は漠然とした不安を自分に対して感じていた。

ある日の昼休み、直樹が部室へ忘れ物を取りに行ったときのことだった。

トイレに行くと言って出て行った大輔が、なぜか体育館の裏にいた。しかも女子と一緒だ。

（……なんだ？）

隠れるように近くまで寄ると、二人の声が聞こえてきた。

「で？　話って何だ」

いつもと変わらぬ大輔のぶっきらぼうな声。その声に少し戸惑いが混じっている。

「あのね、私、最近津屋くんと時々話すようになって……嬉しくて……」

その子が告白する気だと分かった瞬間、勝手に体が動いていた。

渡り廊下の陰に隠れていたが、わざとそこから出て大輔の見える場所へ移動する。そして、大輔がこちらに気づくのを確認して、声をかけた。

「大輔、何やってんだよ。トイレじゃなかったのか？」

すると、大輔の表情が緩むのが分かった。それだけで、直樹の心の中に優越感が湧く。

「俺、ちょっと部室行くけど、お前はどうする？」

直樹の言葉に大輔も「俺も行く」と答え、女子にまた今度、と言ってこちらに向かってきた。

「いいのか？」

と問うと、さすがの大輔も告白されると分かっていたらしく、「おかげで助かった」と苦く笑う。

「ならいいけど」

と言っていても、助けるふりをして大輔に女子を近づけたくなかっただけだ。

「俺はお前がいればそれでいい」

その言葉に、ドキリとした。直樹も同じことをずっと思っていた。それが嬉しかった。自分たちは何があってもこの先ずっと一緒だ。

「まあ、幼なじみで何でも知ってるから気が楽だよな」

直樹の答えに大輔は、一瞬なにか言いかけて、そのあとはいつも通りの口調で「そうだな」とまた苦く笑っていた。


秋になり、進路を決めなければいけない時期に差しかかった。

大輔は最後の大会の活躍が県内の強豪校の目にとまり、スカウトを受けていたのに、それを断って地元の直樹と同じ高校を選んだのだ。

いつものように直樹の部屋で、ゴロゴロしている時だった。

「いいのかよ、せっかく野球の強いところから声かかったのに」

そう聞くと、大輔は思わぬことを口にした。

「俺も、決めてたから。自分のやりたいことは中学までだって」

まるで直樹と同じ道を歩むと言っているようだった。

「真似してんじゃねぇよ」

「……そういうんじゃない。俺だって、色々将来のことは考えてる。野球は好きだ。けど俺くらいのレベルじゃ、将来野球で生計立てられるわけでもないしな」

だから中学は目一杯野球をやらせてもらったと、大輔は言う。

きっとおじさんもおばさんも、大輔に旅館を手伝って欲しいという気持ちはあるだろう。けれど、それを子供に押しつけるような人たちではないと、直樹もよく知っているから、これは大輔が本当に選んだ結果なのだと思った。

「じゃあ、このままずっと腐れ縁で」

「よろしく」

拳を突き出すと、コツンと合わせてくる。また大輔と一緒にいられるのが嬉しかった。


あっという間に季節が過ぎ、高校生活がはじまった。

高校では部活をやらないと決めていた直樹だったけれど、母親から「若いんだから運動部に入りなさい」と言われ、結局またバスケ部に所属した。

大輔も同じことを言われたと、野球部に入り毎日汗を流している。

二人の通う高校は、さほど運動部には力を入れていないので、部活が終わる時間も早く、家のことを手伝う時間も多少はできた。

クラスは別々になったけれど、大輔の方がやたらと直樹のクラスに遊びに来る。休み時間はもちろん、昼休みも一緒に弁当を食べる。部活の帰りも、もちろん互いが終わるのを待って帰る。

それに加え、以前に増して大輔がやたらと直樹の世話を焼きたがるようになった。

高校に入りまた身長が伸びた大輔は、野球部で鍛えられ、中学時代よりさらに体が一回り大きくなった。

ちょっと重たい荷物を持っていると、よこせと言われるし――そのくらい持てると突っぱねているが――直樹の飲み物を買ってきたりと、まるで恋人のようだ。

しかも、直樹の気付かないところでフォローをしてくれていると友達に聞かされ、今までと立場が逆転してるじゃないかと、内心面白くない。

その反面、嬉しいと思う自分もいた。

やはり自分だけが大輔にとって特別なのだと。

高校生活にも慣れ始めた夏の初めの頃。二人の関係が変わった。

部活が終わり、二人でいつものように帰宅する途中のことだった。

「うわっ……やべーな、これ」

急に空が暗くなり、ポツポツと雨が落ちてきたと思った途端、一気に土砂降りに変わる。

「走るぞ、直樹っ」

「ちょっと待てって」

直樹の鞄をグイッと引いた大輔が走り出し、それを全力で追いかける。

あっという間に服がびしょ濡れになった。最近の夕立はとにかくひどい集中豪雨で、まんまとそれに当たってしまった。

地面に叩きつけられた雨がしぶきを上げる中、二人で走った。周りは田んぼや畑ばかりで、屋根のある場所が少ない。

「大輔、あそこまで行くぞ！」

もう少し行くと、確か農作業用の共同の小屋があるはずだ。

大きな声を上げても雨の音でかき消されてしまうくらいだ。けれどその声はちゃんと大輔に届いていて、急いでその小屋まで向かった。

「とりあえず雨宿りさせてもらおうぜ」

夕方のこの時間は、もう誰も作業をしてる人はいなかった。どうにか辿り着いた小屋の中で、部活で使ったタオルを取り出して、濡れた体を拭《ふ》いた。

「ここまで濡れたらこのまま帰ってもいいと思うけどな」

「確かに」

大輔の言葉に、直樹はずぶ濡れの自分の体を見て笑う。

不意に横で短い髪の毛を乱暴に拭く大輔の体が、目に飛び込んできた。

今まで気にならなかったのに、大輔の体が急に男らしく見えた。男らしい、ではない。男だった。

肌にまとわりついているシャツが、そのたくましさを浮き出している。

いつの間にか自分より太くなった腕。胸板も厚く、いくら頑張ってトレーニングをしても筋肉がつかない自分とは違う。腹筋も割れていて、いつも見ていたはずの体が、まるで違うものに見えた。

ズン、と体の奥が熱くなった。

（なんだ、これ……）

ジワジワと湧き上がるような熱が直樹の中を這《は》い上がって、これはヤバイととっさに目をそらす。

女子には感じなかったものを、どうしてこんなところで、しかも大輔に感じてしまうのだろうか。

大輔が自分を優先することに対する優越感。それと独占欲。

その意味が今、腑《ふ》に落ちた。しかもこんなところで分かってしまうなんて。

（……俺、こいつのことずっと好きだったのか……）

ずっと悩んでいたことが解けた気分だった。

自分は、同性を恋愛対象に見ていたのだ。しかもその対象は、ずっと大輔だったと今気づいた。近くにいすぎて気づけなかった。けれどあの優越感も独占欲も、そう考えると納得がいく。

（どうしよう……）

自覚してしまったら急に大輔が男に見えてしまい、どんな顔をすればいいのか分からない。

「直樹？　どうした？」

「ふぁえ？　えっ、なんでも、ないっ！」

いきなり話しかけられて、変な声が出てしまった。自覚した途端、恥ずかしくて顔が赤くなっていく。

しかも直樹の中心が大輔に反応してしまっていた。

けれど伊達《だて》に長く一緒にいない大輔が、直樹の変化に気付かないわけがなかった。

「なんで、そんなに離れるんだよ」

ずいっと近寄ってきて、まだ拭き終わってない直樹の体に手を伸ばしてくる。

「ちょ、っ！」

思わずその手を振り払ってしまうと、大輔が怪訝《けげん》な顔をする。

「なんで、よける」

そう言ってまた手を伸ばしてくるから、「やめろって」と逃げるけれど呆気《あっけ》なく捕まってしまう。

ギュッと摑まれた腕が、熱い。そこから大輔の熱が伝わってきて、また体の奥がジクジクと疼《うず》くような感じがする。

「そんな顔してたら、もう我慢しないぞ？」

なにが、と聞く前に、大輔の顔が近づいてきて柔らかいものが唇に触れた。

外はまだ、叩き付けるような雨が降り続いている。その大きな音さえも直樹の耳には届いてこなかった。

なにをされたのか、理解するのにどのくらいかかっただろうか。多分時間にして、数秒なのだろうけれど、直樹にはすごく長く感じた。

大輔にキスをされた。びっくりして固まってしまっている直樹の唇を、ぺろりと舐《な》めさえした。

「お、お、お前っ……なに、すんだよっ……‼」

「なにって、キス、だろ？」

しれっとそんなことを言う大輔は、何を考えているか分からない。

「ど、して……俺にそんなことする……」

そう問うと大輔が質問で返してきた。

「なら、お前はどうしてそんな顔をする」

「どんな顔してるかなんて分かんねーよ」

女じゃないんだから鏡なんてもってねぇ、と言うと、また大輔が近くに寄ってくる。

「だからっ、来んなって！」

顔が熱い。こんな顔、大輔に見られたくない。

ずっとそばにいて全部知られている大輔だからこそ、これ以上情けない顔は見られたくなかったのに。

「その顔だ。真っ赤になって、俺のこと潤んだ目で見てるって気付いてなかったのか？」

「し、しらねぇよ！　そんな顔、してねぇし……」

「じゃあ、今俺の顔見ろよ」

大輔のくせに命令口調なんて生意気だと、体が触れあうほど近くにいる大輔を、見上げてやる。

「負けず嫌いだな」

喉の奥で笑った大輔が、また勝手に口を塞《ふさ》いでくる。けれどそれを拒めない。

いつから大輔のことを、どんな顔で見ていたのだろうか。

優越感を覚え始めた頃だろうか。直樹本人は分かっていなかったけれど、ずっと一緒にいた大輔は気づいていたのだろう。

そして大輔も自分の全てを受け入れてくれている。大輔が先に手を出してきたのだから、同じ気持ちなのだと思いたい。

ゆっくりと離れていく大輔に、直樹は開き直って今度は自分から唇を寄せる。

「大輔……」

名を呼ぶと、背中に腕が回った。大輔のたくましい腕が、直樹の細い体を抱き締める。

ずっとそばにいるこの存在に全てを委《ゆだ》ねてしまえる。

直接感じる大輔の体温に安堵《あんど》と、そして欲情の混じった溜息が合図だった。自然と唇が重なり合って、激しさを増していった。

幼なじみとこんなことをするなんて、と頭の片隅で思う。それでも止められない何かが直樹の中にあった。

抱き締める背中を大輔の指が優しく辿る。濡れたシャツの上からでもその熱が伝わってきた。

触られた場所が痺《しび》れた。大輔の触るところ全てが熱を持つようで、その感覚に直樹は小さく身震いした。

「寒いか?」

そんな的外れなことを聞くのが大輔らしい。だから、グッとたくましい太股《ふともも》に、腰を押し当ててやった。

「ちげーよ、興奮しちゃっただけ」

「っ……の、やろっ」

まんまと挑発に乗った大輔の愛撫《あいぶ》が激しくなった。噛みつくようなキスに、歯が当たった。痛いと文句を言ったら、今度は首筋に噛みつかれた。

濡れて肌に張りつくシャツの隙間に、大輔の指が強引に割り込んでくる。挑発されて気持ちが急《せ》いているのか、シャツを脱がすのも性急で、何個かボタンがはじけ飛んだ。

「悪い、あとで怒られるから」

そんなことを言って動きを止めた大輔は、見慣れたはずの直樹の露《あら》わになった上半身を見つめてくる。

その視線だけで、体温が何度か上がった気がした。

体の奥から熱が湧き上がってくるような、そんな欲情。

その目は、まるで飢えた獣みたいだった。

「やべーな……ずっと我慢してたのに」

呻《うめ》くように呟いた大輔が直樹をまた抱き締めた。直接触れた手の温かさに、直樹の劣情が破裂しそうだった。

「だい、すけ……」

掠れた甘い声が出た。もっと触って欲しい。直樹は欲望のまま背伸びして大輔の唇を塞いだ。

立ったまま、二人で体をまさぐり合う。大輔のシャツも脱がし、互いの肌のぬくもりを初めて知った。

愛撫なんてよく分からなかった。ただ、触られるのが気持ちいい。もっとと強請《ねだ》ると、大輔は肩や背中、脇、そして平らな胸を触ってくる。

肉を寄せるように揉《も》まれた。女のような柔らかな膨らみがないことに、大輔はどう思っただろうか。

女と比べられたりしたら、ショックを受けるのは確実だ。それなのに、自虐的に聞いてしまう。

「胸なくて、がっかりした？」

そう問うと大輔に軽く額を叩かれた。

「そんなの、知ってるし分かってる。それでも俺は直樹がいいんだ」

大輔の答えが嬉しかった。

外の雨の音は、もう直樹の耳には届いていなかった。

キスをしながら、体中をまさぐり合った。気にしていた胸もかまわずに大輔に揉みしだかれて、直樹は今までに出したことのない声を上げた。甘く鼻から抜ける吐息は、自分のものではないみたいだった。

キスは何度も角度を変えて、互いの舌を絡め合う。大輔の力強い腕が腰を支えてくれていなかったら、力が抜けてしまっていただろう。

大輔のキスは、やたらとうまかった。なんでこんなにうまいんだと怒りたくなるくらい。けれど今はそんなことより、この体の奥から湧き上がる熱をどうにかしたくて仕方がない。

直樹のものと擦《こす》れ合う大輔のそこも、同じくらい硬くなっている。グイグイと押しつけると、腰を抱いていた手が、直樹の尻を鷲《わし》づかみにする。自分のものに押しつけるようにしながら人の尻をぐにぐにと揉んでくる。しかもその双丘《そうきゅう》の割れ目をつうっとなぞるから、思わず高い声が漏れた。

「あっ……」

知識として男同士の行為にそこを使うというのは分かっていたけれど、まさか大輔がそのことを知っているなんて思わなかった。

「お前のその声、ヤバイ……」

我慢できないと、大輔はズボンの前を開き、滾《たぎ》っている自分のものを取り出した。

「なっ……何してんだよっ……」

大きくなっている大輔のそれを目《ま》の当たりにして、直樹は思わず狼狽《うろた》えてしまう。

「なにって、これ鎮めなきゃ帰れねぇだろ」

そう言って大輔は、驚いている直樹のズボンのチャックを降ろしていく。

「やめろ……って……」

拒む声が本気ではないことを大輔は分かっているのだろう。その手を止めることはしなかった。

ずっと感じていた直樹のそこは、先端から蜜《みつ》が溢《あふ》れ出ていて空気に触れるだけでも感じてしまう。

ずるりと取り出され、喉の奥に声が引っかかった。

「んっ……」

あまりにも声が出てしまうので、手で口を塞ごうとしてもそれを大輔が許さなかった。

「ダメだ、直樹。全部……聞かせろ」

どうせ雨で外にも聞こえない、と言われ、直樹は雨が降っていることを思い出した。

「お前、そんなにエロかったっけ⁉」

「我慢してたって言っただろ？」

その我慢をぶつけるように、大輔が直樹の中心を擦ってくる。腰が引けてしまいそうになると、片手で軽く押さえつけられてしまう。こんなに力の差もあったのかと、少し面白くない。

先端を親指で擦られ、クチクチといやらしい音が雨の音と混じって聞こえた。

「あ、ばか、そこばっかり触るなっ……」

何度も先端の割れ目に指を滑らされ、立っているのもやっとだ。

「お前の、も……」

負けず嫌いの直樹が大輔のものへ手を伸ばすと、その大きさと硬さに思わず息を飲んだ。

「で、でけーよ……」

「お前がエロいのが悪い」

「知るかっ……あっ、……んっ……」

大輔を触る直樹の手の上から、大きな手が包み込んでくる。そして二人のものをまとめて擦られた。

触れあう中心が熱かった。大輔の粘膜と、自分のものが重なっていると思うだけで興奮する。

にゅちゅ、と聞こえてくるのは、互いの体液が混ざったものだ。

「だい、すけ……」

力が抜けそうになって、直樹は中心から手を離し両手を大輔のたくましい首に巻き付けた。

「全部、お前が、して？　……もう、辛い」

そう懇願すると大輔はフッと笑って、直樹の唇を塞いできた。

キスをしながら大輔の手がいやらしく動く。二人の腰も自然と揺れて、直樹は何度も幼なじみの名を呼んだ。

「大輔、……んっ……ああっ……」

大輔の手の動きが速くなった。直樹はたまらず、あ、あ、あ、と喘《あえ》いで、そして小さく体を震わせて、大輔の手に自分の熱を吐き出していく。

達した直樹のものをそのままに、今度は大輔が絶頂に駆け上がる。

「直樹……」

そう囁《ささや》かれ、キスを求められているのが分かった。唇を寄せて強く吸ってやった。すると大輔が強く二人のものを扱《しご》き上げ、小さく息を飲んで直樹より多く精を吐き出していった。


それからは気持ちに歯止めがきかなくなった。

二人きりになると自然とそういった雰囲気になり、互いの体をまさぐり合った。

自覚してしまったらもうダメだった。大輔を好きなんだと思うと、自然と体が反応してしまう。

そんな直樹の欲求を、大輔は嫌な顔もせず受け入れてくれた。

キスしたい、触りたい。大輔を誰にも渡したくない。

こいつはずっと昔から俺のものだという気持ちが、おさえきれなくなっていくのを感じていた。

ずっと悩んでいた自分のセクシャリティも、誰を好きなのかハッキリした時点で胸の中にストンと落ちてきた。

大輔だから全てを委ねることができた。

初めて大輔と最後までしたのは、夕立にあった日から数週間が経ってからで、それはもう大変だった。

セックスの経験自体ないのに、それに加え男同士だ。難易度が高すぎた。

常に人がいる互いの家ではできないと、休みの日にわざわざ県外のホテルまで行ったのだ。

初めての経験は痛くて苦しくて、それでも直樹は幸せの方が大きかった。

受け入れた場所がひどく痛んで、翌日は熱まで出てしまい学校を休んでしまったけれど、早く帰ってきた大輔が、甲斐甲斐しく世話を焼いてくれた。端《はた》からみればなにも変わらない関係だけれど、二人の間は確実に変わっていた。

ずっとこの関係が続いていくんだと、そう信じていた。


それからしばらくは、幸せな日々が過ぎていった。

その日も部活のあと二人で帰宅し、夕飯を食べ終わり大輔の家へ向かう。

まったりと過ごす時間は以前とは違うものに感じて、直樹の胸の中は満ちていた。

（俺、ほんとこいつのこと好きなんだな……）

隣で野球の雑誌を読んでる大輔の横顔を見て、つくづく思った。

室内練習の直樹とは違い、焼けた肌がたくましさを増し、少し骨張った頬も全部格好良く見えてしまう。今までも特別だと思っていたけれど、自分が大輔に対してここまでのめり込んでしまうとは予想外だった。

「……なんだよ」

じっと見られていることに居心地が悪かったのだろう、大輔が溜息を吐きつつ直樹をかまってくる。

「ん～……俺、お前のこと好きなんだなって思っただけ」

気持ちを自覚してからは、想いを素直に伝えることにしていた。その度に大輔は困ったような顔をしたり、照れたような顔をしたりするから、もっと色んな顔が見たくて何度もその言葉を口にした。

大輔が口下手なのは知っているし、同じものを求めているわけではなかった。大輔のことは、自分が一番よく知っている。なにをしたいか、なにを思っているか、ずっと一緒にいた直樹だからこそ、分かるのだとこの時はそう思っていた。

今のこの顔は、照れている。

もう一度「好きだよ、大輔」と隣から覗《のぞ》き込むと、「このやろう」と悪態を吐いた大輔に、顎を摑まれ嚙みつくようなキスをされた。

同じ部屋にいるのにかまってくれない大輔が悪い。

「んんっ……」

強引なキスに苦しいと拳で胸を叩くけれど、力は大輔には敵わない。叩いていた手を摑まれてそのまま引かれると、くるりと体を入れ替えられて押し倒された。

「なんだよ、やる気じゃん?」

挑発するように笑って両手を伸ばすと、しょうがないやつだと言いながら、それに乗ってくれた大輔の唇が、ゆっくりと落ちてきた。

「……んっ……」

この優しいキスが好きだ。強引なのもいいけれど、こうして何度も角度を変えながら唇を突《つつ》き合い舌を絡めあっていると、自分が大輔に大切にされていると感じられて心地良い。

バタバタと人が行き交う互いの実家で、この関係を知られないようにしなければいけない。

大輔は次男で今、すでに実家の旅館を手伝っている少し年の離れた兄がいる。

しかも、こんな大所帯だ。プライバシーはあってないようなもので、みんな勝手に部屋に入ってくる。なるべく忙しく働いている時間帯を狙って、大輔の部屋に遊びに来るようにしていても、気が抜けないのだ。

今も廊下を誰かが通り過ぎ、二人は急いで離れた。

「大輔焦りすぎ」

「うるせー。お前もだろうが」

平静を装っている振りをしているのがおかしくて、互いに顔を見合わせて笑ってしまった。

そしてまたゆっくりと唇を寄せ合った。

いつまでこの関係を続けていけるだろうか。

まだ将来のことを漠然としか考えられていなかった直樹に、不安がよぎる。

ずっとこのままでいられる保証はない。この先も二人でいたいし離れるなんて考えたことがない。

ならばこの関係を隠し通さなければダメだ。小さな街で二人はあまりにも知られすぎている。

表向きはずっと幼なじみでいい。この関係を壊さないためなら、どんなことでも受け入れる覚悟はある。

そのくらい、大輔の存在は直樹にとって大きなものだった。

「どうした？」

眉間にしわ寄ってるぞ、と言われ、頬をそっと撫でられる。

「なんでもない」

大輔には直樹の不安が分かってしまうのだろう。頬を撫でていた手が、後頭部に移りそのまま胸に引き寄せられた。

「大丈夫だ」

「なにが？」

「なんでも」

「意味分かんねぇし」

それでも、その言葉は直樹の心を軽くしてくれたことには変わりなく、小さく息を吐いて大輔の服をギュッと握った。子供をあやすようにポンポンと背中を叩かれて、ずっとこのままでいられたらいいのにと、胸につかえていた息をまた逃がしたのだった。


そのあとは、何事もなく過ぎていった。

直樹は実家の手伝いをすることも増え、大輔も一緒に蔵人《くらびと》たちの仕事を覚えるようになった。どうやら昔から酒造りに興味があったらしい。

一人息子の直樹に、将来は好きなことをすればいいと母親は言ってくれるけれど、小さな頃から職人たちの働く姿を見て育ったのだ。自分にだってこの家に愛着も執着もある。

直樹は職人気質の父親とは違い、興味があるのは営業や経営についてだった。なら、その方面で何かできないか。そう考えるようになっていた。

高校三年生の夏休み。

地元の大きな夏祭りが近づいていた。小さな頃から夏休みの楽しみの一つで、直樹と大輔も祭りの手伝いに駆りだされる。街全体が一つになっている感じがして、直樹はこの祭りが大好きだった。

そして毎年この時期は、この祭りのために就職や結婚で街を出た人たちもみな帰ってくる。祭りは三日間通して行われるため、観光客も増え、街は活気に溢れていた。

そんな中、実家の店の手伝いをしていた。

大輔も店舗を手伝ってくれていて、重たい酒瓶を運んだり、重宝されていた。

正月と、この夏祭りの時だけは夜遅くに出歩いても怒られないので、手伝いを終えた直樹と大輔は、この時とばかりに街に繰り出した。

祭りだからと、母親が直樹と大輔の浴衣《ゆかた》を出してきて、着せてくれた。むしろ母親が着せたくて仕方がなかったのだろう。楽しそうだし、浴衣も着て祭り気分が盛り上がると大輔と笑った。

出店で食べ歩きをしたり、友達に出会って話をしたり、楽しい時間を過ごす。

こんな時間があとどのくらい続くのだろうか。

ずっと続くと思いたい。けれどそれが現実には難しいことも、なんとなく分かっていた。

提灯《ちょうちん》の明かりが街中を照らす。

街ゆく恋人たちは楽しそうに手を繋《つな》いだり、肩を組んだりしていた。直樹も大輔にくっつきたいと思うけれど、人前でできるわけがない。これが男と女だったら、手を繋いでもおかしくないのに、そんな小さなことすらできず、直樹は自分たちの関係が歪《いびつ》なものなのだと思い知る。

この関係は、世間では認められるものではない。

そう考えると胸に不安が広がっていく。

(ずっと、大輔と一緒にいるにはどうしたらいい?)

人混《ひとご》みに紛れて、大輔の浴衣の袖《そで》を摑んだ。

「山車《だし》、くるぞ」

道の先に大きな山車が見えた。町内ごとに山車があり、これからそれが街を練り歩いていく。この祭りの最大のイベントだ。

大輔は直樹がはぐれてしまうから袖を引いたのだと思ったようで、こちらを見ようとはしなかった。

この不安をどうにかして欲しかった。いつもの強い視線で大丈夫だと言って欲しい。

たまらずもう一度袖を引くと、大輔が「どうした?」と振り返った。

とたん、強く腕を引かれた。そしてそのまま、人の少ない通りに向かう。

きっとすごく不安そうな顔をしていたのだと思う。

「おい、大輔？　どうしたんだよ」

大輔の手の温《ぬく》もりに安堵したのも束の間、こんな姿を知り合いに見られたらと思うと怖くなり、とっさに振り払ってしまった。

少し驚いたように大輔が目を見張ったが、すぐにいつもの顔に戻った。変な態度を取ったのに、大輔が怒りもしなかったことに申し訳なくなった。

「上から見よう」

宥《なだ》めるような声に、直樹は小さく頷いた。

この不安をどうやったら拭《ぬぐ》えるか分からない。ただ、大輔と一緒にいたいだけなのに。

先を歩く大輔の背中を追いながら、直樹は小さく唇を噛みしめた。

街全体を見下ろせる小さな山が大通りの裏手にある。そこは祭りの氏神様ではない神社がひっそりと建っていて、この祭りの時には人があまり来ない。

けれどそこから見下ろす祭りの明かりはとても綺麗で、大輔と直樹が昔から好きな場所だった。

人気のない神社に辿り着いたとき、直樹は大輔の袖をまた引いた。

「どうした？」

素っ気ないようで優しい声色に、直樹は素直に「さっきはごめん」と謝った。

「手、振り払って、ごめん」

そう言うと大輔がくすりと小さく笑って、「お前が素直だと気持ち悪いな」と言った。

いつも素直じゃないかと膨れると、誰もいないのをいいことに大輔が手を繋いできた。

「ここならいいだろ？」

その言葉に小さく頷いて、キュッと握り返す。

この手を離したくない。そのためには自分たちはどうすればいいのだろうか。

直樹の迷いを分かっているのか、大輔がいつもと変わらぬ声で呟いた。

「星が、綺麗だな」

そう言われ夜空を見上げると、そこには満天の星空が広がっていた。

「そうだな」

「直樹、そんな顔すんな」

「そんなって……どんなだよ」

言い返すと、大輔の指が直樹の眉間を突いてきた。

「泣きそうな顔」

「そんな顔してない」

強がってみるけれど、突然湧き上がった不安に押しつぶされそうになっていたのは確かだ。

「お前には俺がいる。何があっても裏切らない」

小さい頃からずっと守ってきただろ？　とそんなくさいセリフを言われ、直樹は笑いたいのか泣きたいのか分からなくなった。

ただ、嬉しかった。

大輔も自分のことを想ってくれている。そしてずっと一緒にいてくれるのだと、そう思えた言葉だった。

「絶対だからな」

直樹がそう返すと、繋いでいた手に力がこもった。

そして、大輔の顔がゆっくりと近づいてきて、やわらかなキスが落ちてきた。

それがまるで誓いのようで、直樹は胸の奥が痛くなるほど嬉しかった。


大輔の言葉が直樹に力を与えてくれた。おかげで前向きに物事を考えられるようになり、それは進路を改めて考え直すきっかけになった。

色々考えて悩んだ結果、県内の大学に進学するのではなく、東京の大学に変更することにした。

地元は好きだ。蔵を継ぐつもりでずっといたけれど、それよりも大切なものが直樹にはできてしまった。

大輔と人生を共にするには、これしかない。

地元を捨てて、上京する。誰も知らない街で、ずっと二人で生きていく。

大輔は進学すること自体迷っていたようだったけれど、直樹が一緒にいたいからと強引に進学希望にさせた。

大輔は進学して実家や蔵の手伝いができなくなることが、進学したくない理由だったようだ。県内の大学なら休みの日に手伝えばいいと言った直樹の提案に、やっと進学する気になってくれたのだが、上京するとなるとまた話は変わってくる。

どうやって大輔を説得するか考えた結果、遠回しに言っても事を荒立ててしまうかもしれないと思った直樹は、本心を素直に伝えることにした。

迷っていても仕方がない。もう直樹の心は決まっている。

東京の大学へ進学すること、家を継ぐより二人で生きていきたいと思ったことをいつもの夕飯後の時間、大輔の部屋で話した。

「大輔、一緒に東京に行ってくれないか？　俺は、ずっとお前といたい。それにはこの街は狭すぎる。俺は、全部捨ててでもお前といたい」

お願いだからとすがりつくと、大輔は迷うことはなかった。

いつもと変わらぬ声で、「分かった」と言ってくれた。

「ほん、とに……？」

「自分で言ってなんでそんなに驚くんだよ」

俺はお前がいればどこでもいいと言う。その言葉を——信じていた。

「ごめん、ほんとごめん……」

大輔に家族を捨てさせることになるかもしれない。

だから自分も、同じように全てを捨てていくから。

「大輔、ごめん……」

何度も謝る直樹を、大輔はなにも言わずただ抱き締め続けてくれた。


年が明け、直樹と大輔は東京の大学を受けた。一つは同じ大学だったけれど、あとは別々のところを受けた。どの大学に入ったとしても二人で住めるようにと、色々考えて志望校を決めたのだ。

けれどそれが全て直樹の独りよがりだったと知ったのは、合格発表の時だった。

通知を持って部屋へ行くと、大輔はいつものように雑誌を読んでいた。

「どうだった？」

合格と書かれた通知を大輔の前に差し出した。

喜びでいっぱいだった。これから大輔と二人の生活が待っていると信じて疑っていなかった直樹に、大輔の反応は鈍かった。

「どう、したんだよ」

お前の通知を見せてみろと言っても首を横に振る。

「なんだよ……まだ、届いてないとか？」

郵便事故かも、と言う直樹に、大輔が「そうじゃない」ともう一度首を振った。

「これだけ、届いてた」

それは、直樹と同じ日に受けた大学の通知。そこには不合格の文字が書かれている。

けれど、他にも何校か受けたはずなのに、通知がない。

直樹はあまりのショックに、頭が真っ白になっていく。それなのに、大輔はひどく冷静だった。

一緒に上京できなければ、自分たちは離ればなれになってしまう。どうして大輔はショックを受けていないのだろうか。

その理由はすぐに分かった。

「他の大学は受験してなかった」

そう淡々と語る大輔の姿が、まるで知らない人のようだった。

直樹に向ける視線が、今までとまるで違う。甘さの欠片《かけら》もなく、直樹を見ていないようだった。

「な、んで……？」

どうにか絞りだした声は、掠れていた。

「俺は、地元に残る」

その言葉を直樹は受け入れられなかった。ずっと一緒にいるための選択だったのに、それを大輔が裏切ったとしか思えなかったのだ。

夏祭りの日、あの時の言葉を直樹はずっと信じていたのに。

――お前には俺がいる。何があっても裏切らない。

そう言ってくれたのも、全て嘘だったというのだろうか。

そんなもの、信じたくない――大輔が、自分を捨てようとしているなんて。

「俺と東京行くって言った時、もうお前は決めてたのか？」

声が震えた。お願いだから、違うと言って欲しい。

けれど、大輔は何も答えなかった。

直樹が大輔に、一緒に行こうと持ちかけたとき、すでにその気はなかったということだ。

大輔に裏切られたのは、初めてのことだった。

もしかしたら、他にも裏切られてきたこともあったのだろうか。そんなことにも気付かなかった自分が滑稽で、直樹は生まれて初めてこのずっと一緒にいた幼なじみを、憎いと思っ

た。

「……分かった。俺は、一人で東京に行く」

大輔がどんな顔をしているか、怖くて見られなかった。

ずっと面倒をみていた幼なじみから、解放されるとホッとしているだろうか。

これまでの関係も、直樹に合わせていただけで、大輔は嫌々付き合っていた可能性もある。

一瞬で全てのことが信じられなくなってしまった。

本当の大輔が、どんな人間だったのかも、分からなくなった。

「直樹、俺は……」

「もういい‼」

言い訳なんて聞きたくない。大輔が自分を裏切ったことにはかわりはない。

大輔の言葉を遮って、直樹は自分が想い描いていた未来を告げる。

「俺は、お前とずっと、一生一緒に生きていくんだと、思ってたよ」

泣くまいと我慢していた涙が頰を伝い落ちた。

心が凍ってしまったみたいだった。硬く閉ざされてしまった直樹の初恋は、きっと一生溶けることなく心の奥に封じ込められたままだろう。

「さよならだ」

直樹はそう告げて、もう二度と会わないと心に誓う。そして自分の一部だと思っていた幼なじみに、背を向けた。

それからは、悲惨だった。

元々上京することには、あまりいい顔をしていなかった父親と大喧嘩をして、自分がこの街では生きにくいことをぶちまけてしまった。

自分が好きになれるのは同性で、ゲイであることを勢いに任せて告白してしまったのだ。自暴自棄になっていたのは否めない。自分なんてどうなったっていいと思っていた。

それからは泥沼だった。

頑固な父親には、直樹のセクシャリティを受け入れることはもちろんできず、勘当だとまで言われた。

正直それも覚悟していた。

大学進学も諦めていたけれど、そこは母が取りなしてくれて、どうにか大学卒業までは面倒見てくれるという話で落ち着いた。

明るくてさばけているとはいえ、母親も直樹のことをどう思ったのか、本心は分からない。

ただ、「お前は自由に生きていいよ」とだけ言ってくれたことで、こんな息子で申し訳ないという気持ちでいっぱいになった。

孫の顔は見せてやれないし、もう実家を継ぐこともできないのに。

そう思ったら、涙が止まらなかった。

自分勝手で感情にまかせて、大切な家族を傷つけて。そして自分の居場所を失ってしまった。

もう大輔もそばにいない。

なにもかも失ってしまった。

だから直樹には先に進むことしかできなかった。一人上京し、新しい人生を歩み始めたのが十年前。

大学を無事に卒業し、今の会社へ就職もできた。

出してもらった学費は今もコツコツと実家の母親へ仕送りで返している。けれど、自分がどこへ勤め、どこに住んでいるのか、家族に知らせてはいない。

高校卒業以来、直樹は実家へは帰っていなかった。

一度全てをなくして、やっと平穏な生活を手に入れた。恋人は、いたりいなかったりしたけれど、年月も経ち、今は気持ちも生活も落ち着いてきている。それは諦めることと、本気にならないことを覚えたズルい大人になったからだ。

大切な人を作るのは、今でも怖い。

また裏切られたらと思うと心の中をさらけだすことはできず、軽い関係ばかりを繰り返している。

昔思い描いた未来とは違うけれど、それでもちゃんと生きていけている。

ただ、自分が望んだ大切なものは、何一つ残っていなかったけれど。

★

携帯の振動で目を覚ました。

瞼《まぶた》が重くて開かない。手探りで携帯をたぐりよせ通知のあったSNSを見ると、【今日、そっちいってもいい？】と連絡が入ってきていた。

それは水野智文《みずのともふみ》という男で、直樹《なおき》が今、関係を持っている相手からだった。

大輔《だいすけ》との突然の再会だけでも疲れていたのに、まさか泊めることになるとは思わなかった。

ほとんど眠れなかったせいで二度寝をしてしまい、しかも夢見が悪く、昔の苦い思い出で余計に疲れてしまった。

水野と会うとなるとセックスをするのは当然のことで、さらに疲れる羽目になってしまう。

【今日はちょっと用事があるからゴメン。また今度】

と返事をする。

それに大輔に会ったあとで、その気になれないというのもあった。

直樹の返事に【残念……】としょぼくれたメッセージが届き、「悪いな」と声に出しただけで、携帯をそのまま伏せた。

水野は明るくて一緒にいて楽しい。年下で甘え上手だし、体の相性も悪くない。けれど最近直樹に対しての執着心が強くなってきた気がしていたので、そろそろ引き際かなと思っていた。タイミングとしては今日の誘いを断れたのはよかったのだろう。

壁の時計を見ると、針はもう昼を差していた。

直樹は疲れの取れない重たい体をどうにか起こし、伸びをする。

「さすがに腹が減ったな……」

ぐぅと腹の虫も返事をしたのでなにか食べようと、気怠《けだる》い体を引きずりながらキッチンへ向かった。


「あの企画、決定だって～。ついでに担当は中川《なかがわ》くんと櫻井《さくらい》くんだから」

休み明け、職場に行くとニヤニヤと笑う安堂《あんどう》にそう告げられた。

「俺のいない間に……つか、俺の意見とか一切無視ですか」

「今回は諦《あきら》めなよ」

蔵元の息子だってのがバレた時点で避けられなかったよね、と安堂が笑う。

予想はしていたけれど、正直気が重かった。いまさら実家と大輔と関わらないといけなくなるとは、思ってもいなかったことだ。

しかも大輔の登場のせいで、苦い記憶を思い出してしまい、気持ちが滅入っているところにこの報告だ。

思わず大きく溜息《ためいき》を吐《つ》いて肩を落とす直樹に、安堂の脳天気な声がかかる。

「お酒たくさん飲めるからいいじゃない」

ならいっそのこと代わってくれと言いたかった。直樹はその言葉を飲み込んで、「安堂さんの肝臓と一緒にしないでください」と軽口を返し自分のデスクへ腰掛けた。

「あ、そういえばさ、櫻井くん、実家のことって今まで全然話には出なかったよね?」

その言葉に直樹が苦笑いで返すと、安堂は何か察したようで、「色々あるもんね、ごめんごめん」と話を流してくれた。

それ以上追及はされなかったが、結局担当は外してもらえなかった。

それはもう会社の決定なので仕方がないと、直樹は自分に言い聞かせる。

(これは仕事だ)

もうなにも分からなかった子供ではないし、この仕事にプライドも持っている。

大輔に私情を挟まないようにと、釘を刺しておかなければ。家にまで押しかけてくるくらいだ、なにを言い出すか分からない。

実家のことと大輔のことに関しては気が重いけれど、日本酒の良さを色んな人に知ってもらえる機会が自分の仕事でできるのは嬉しい。

それに、企画としては良いものだと思う。中川も挨拶《あいさつ》に来て、やる気十分だったので同期としては応援したい。

「やるしかないか」

よし、と自分に気合いを入れて、立ち上げたパソコンで資料を作り始めた。

蔵元の息子といっても、もう家を離れて十年近く経《た》っている。飲酒できる年齢になってから色々と飲み比べなどもして、日本酒に関してはそれなりに勉強もした。

やるとなったらとことんやる。それが直樹の仕事へ対してのポリシーだ。

今は色々な蔵元がオリジナルの商品を作っている。その中でどんなものが流行《はや》っているのか、女性に人気があるのはどれかなど、リサーチをしてまとめていく。

最近では直接蔵元から仕入れをしている酒屋も多く、個性的な日本酒を取り扱っていて、かなり参考になった。

まずはフェアのメインに据える商品を中川と選ぶ。色々な蔵元の商品を扱う予定だが、やはり「櫻井酒造」にしたいという申し出が中川からあった。それに対して、異議を唱えるつもりはなかった。

大輔の持ってきた酒は口当たりも良く、あれなら日本酒が苦手な人でも飲めるだろうと思えた。

他にも少し変わっている美味《おい》しいお酒を紹介できるようにしたいという、直樹の提案も受け入れられ企画が徐々にできあがっていった。

大輔と再会したあの企画会議から、二週間が経っていた。

ちゃんとした企画書類もできあがり、あとはこれを実行するために、ピックアップした蔵元や販売元に連絡し、交渉をする。

アポイントを取るために、まずは電話をしなければいけない。

デスクに座り、中川から預かっている大輔の名刺を手に取る。実家に電話をかけるのは久しぶりだ。

一つ大きく深呼吸をした。新しい仕事を依頼するのと同じだと自分に言い聞かせて、覚えている実家の電話番号を押した。

しばらくコールすると『はい、櫻井酒造でございます』と、懐かしい声が聞こえてきた。

これは、昔から直樹を可愛がってくれていた事務の浅川《あさかわ》さんというおばさんの声だ。

十年も経てば、直樹の声は分からないかもしれないと思いつつ、「お忙しいところすみません」と言うと、息を飲むのが分かった。

『なおくん？　なおくんでしょ？　ちょっと待ってね、おかみさーん‼　なおくんからですよ‼』

久しぶりなのに、どうして分かってしまうのだろうか。止める間もなく、受話器を置かれてしまって、直樹は頭を抱えた。

これでは仕事の話ができなさそうだと、大きく溜息を吐く。

『もしもし』

しばらくして受話器から聞こえてきたのは、母の声ではなく大輔だった。少しホッとして思わず素が漏れてしまう。

「あ、大輔……いや、津屋《つや》さん先日は色々とありがとうございました」

直樹は気を取り直し口調を正す。

仕事モードの直樹に対して、大輔はそんな気はなさそうで『気持ち悪いから普通に話せ』なんて言う。

（俺の立場ってのもあるんだよっ）

と内心で文句を言いつつ、直樹は口調を変えずに大輔に答えた。

「この度、先日の案件が無事に決まりまして、松嶋屋《まつしまや》デパートとしましては、ぜひ櫻井酒造様の日本酒をメインで取り扱いさせていただければと思いまして、本日はご連絡を差し上げました」

わざとらしく丁寧に言うと、仕事だというのは理解してくれたようで、大輔はしょうがないと言いつつ口調を変えてきた。

『わざわざご連絡ありがとうございます。うちの商品を取り扱っていただけるというのは、こちらとしてもご縁があったということで、嬉しく思います』

大輔から真っ当な返答があって、正直驚いた。昔は無口で、あまり言葉選びがうまくなかった。

それが十年という歳月を別々に過ごしてきたということなのだと、実感させる。

直樹が変わったのだから、大輔だって変わるには十分な月日だ。これならちゃんと仕事の話ができそうだと、直樹はホッと胸を撫《な》で下ろし、今後のことについて打ち合わせの日時を決め通話を終えた。

そして数日後、打ち合わせのためにデパートに大輔がやってきた。

さすがに今日は、この前よりしっかりとした格好をしていた。とはいってもシャツの上にカジュアルなジャケットを羽織っている程度だ。

体格のいい大輔がジャケットを着ると、見栄えがして格好いい。そんなことを思ってしまう自分が悔しかった。

直樹を見つけると、大輔が手を挙げた。

「また、会えたな」

「仕事なんだからこれからだって会うだろ?」

しかたないけどなと、ちょっとした意地悪を言う。

そんな直樹の言葉を受け流して、大輔は私情を挟んでくる。

「仕事でも何でもお前と会えるんならそれでいい」

大輔の言葉にこれ以上振り回されてたまるかと、直樹は深く息を吸い、平常心を保とうとした。

大輔と再会してから夢見が悪かった。何度も同じ夢を見てしまうのだ。昔の楽しかった頃の夢は、精神的にもかなりきついものがあった。

おかげでプライベートで遊ぶ元気もなく、気持ちが落ち込んでいるのは確かだった。

(ちゃんとしなくちゃ……)

とりあえず仕事だと切り替えて、「津屋さんこちらにどうぞ」と応接室へ案内した。

直樹と大輔、そして中川も含め、打ち合わせが始まった。

今回取り扱う商品は、とにかく日本酒の良さを知ってもらえるように、選《よ》りすぐったものを数点に絞ることにした。

「【櫻井】をメインで販売したいと思います」

そう告げると大輔もそれは納得したように頷《うなず》いた。

直樹がどうしても入れたいと言ったのは、櫻井酒造の代名詞ともいえる、純米大吟醸「櫻井」。

幼い頃から色んな人に自分の家の酒を誉《ほ》められるのが好きだった。それが、この日本酒だと知ったのは、家業を継ごうと考え始めた中学生の頃だった。

櫻井家で毎年正月に飲まれているお屠蘇《とそ》。酒の味などまだ分からなかった直樹ですら、旨《うま》いなと思ったほどだった。

実家を離れ大人になり、日本酒を飲むようになった時、どんな名酒を飲んでも、自分の家の酒より旨いと感じるものはなかった。

家の味、それが直樹にとって「櫻井」だった。

もちろん、ひいき目でそう思っているわけではない。ちゃんと吟味した上で、この酒を選んだ。

そしてもう一つ直樹が選んだのは、大輔がアパートに押しかけてきたときに飲ませてくれた、新酒。

「俺はあれは絶対に売れると思う」

その言葉に大輔が嬉しそうに笑う。その顔に一瞬胸がざわついた。それを誤魔化《ごまか》すように咳払《せきばら》いをして、先を進める。

「できれば、これも目玉商品の一つにしたいのですが……」

そう言った直樹に、大輔が困ったように頭を掻《か》いた。

「実は……それはまだ発表する前のものなんで、商品化してないんですよ。販売許可も取れてないんで……」

その言葉に直樹はもちろん、中川もガッカリしていた。

「そうなんですか、それは残念です」

あの酒は本当に美味しかった。絶対に売れる自信もあっただけに、直樹も残念でならない。けれど、無理に押しても仕方のないこともある。今後あの酒がちゃんと商品として出るときは、このデパートで販売することの約束は取り付けた。

結局、取り扱う酒は、「櫻井」「八幡《はちまん》さくら」「櫻の舞」の三種を卸してもらうことで話がまとまった。

「いい報告がオヤジさんたちにもできそうです。よろしくお願いします」

と大輔が頭を下げてくる。直樹もこちらこそと返し、同席していた中川も、自分の企画がこれで無事に軌道に乗りそうだと喜んでいた。

打ち合わせにはかなり時間がかかり、デパートも閉店時間が近づいていた。

その横で帰り支度をしている大輔に声をかけた。

「お前、今日どこに泊まるんだよ」

この時間では地元に帰るには遅すぎる。なので都内に泊まるのだろうと思い、なにげなく大輔に聞いてみたのだが、それがまた裏目に出てしまった。

「実はホテルは取ってない」

「じゃ帰るのかよ」

「いや、お前のところに泊めてもらう気だったから」

しれっとそんなことを言われて、直樹は思わず間抜けな声を上げてしまった。

「はぁ？　なんでだよ」

どうしてそうなるんだ、と頭を抱えたくなった。

確かに幼なじみだった。それはもう過去の話だ。直樹はあの時、全てを捨てて上京してきたのだ。その気持ちをこの男が知らないわけがない。

それとも十年も経てば時効だとでも思っているのだろうか。

表情も変えずそんなことをいう大輔は、昔よりだいぶ図太くなっていた。直樹は再会してからというもの、昔のことばかり思い出して、苦い気持ちになっているというのに、大輔は特になにも感じていないようだった。

「お前を泊める義理はない」

「金ねえんだよ」

「知るかよ」

裏口で待ってるからよろしく、と大輔は直樹に背を向けてデパートの食品売り場を見にさっさと行ってしまった。

「泊めるなんて一言もいってねえぞ」

そう返した後、大きな溜息を落とし、閉店の準備に向かった。

仕事を終えて、通用口から帰ろうとすると、宣言した通り大輔が待っていた。

「あら、津屋さんじゃないですか」

無視してやろうと思ったが、一緒にいた安堂が大輔に声をかけてしまう。内心で舌打ちをして、直樹はそっぽを向いた。

「これからあの美味しい日本酒がうちで買えると思うと、私も嬉しいですよ」

と酒好きの安堂の言葉に、大輔が「そう言ってもらえるとこちらも嬉しいです」なんて、作り笑顔を見せている。

直樹はできることならこのままそっと立ち去りたいと思っていたが、矛先が自分に向いてしまった。

「櫻井くんと待ち合わせ？」

余計なことを聞かなくてもいい、と思いつつ「違います」と直樹が言う前に、大輔が「今日は泊めてもらうことになっていて」と嘘を吐いた。ふざけんなよ、と大声を出したいのをグッと堪《こら》え、二人の会話を聞いていた。

「幼なじみだもんねぇ〜。全然会ってなかったんですっけ？」

「こいつが地元に帰ってこないもんでね」

チラリとこちらに視線を向けた大輔に、直樹は思いっきり顔を背けてやった。

「じゃあ、私はここで。櫻井くんお疲れ、津屋さんも今度いらしたときは是非飲みに行きましょう」

と安堂は手を振って帰っていった。そんな彼女を見送っていると、大輔がぼそりと呟《つぶや》いた。

「いい人だな」

「明るくて面白いし、あんな感じだから営業の実績はすげーよ」

「だろうな。俺たちも帰るか」

（俺たちも、ってなんだ。もって！）

と心の中で毒づいた。

勝手に駅に向かい前を歩き始めた大輔を止める気にもなれず、早歩きで追い抜かして、そして振り返った。

「飯なんて出ないからな」

直樹の言葉に、大輔が肩を竦《すく》めて持っていた袋を上げて揺らした。

「そうだろと思って、お前のところの食品売り場で値下げしてる総菜買っといた」

用意周到な大輔に断る気力も失《う》せた直樹は、とにかく早く家に帰りたいと後ろから付いてくる男を気にしないように、駅に向かう足を速めたのだった。

特に会話もないまま帰り道を歩いた。むしろ話さないようにしていたといったほうがいい。今さら大輔と話すことなどないし、気を遣う相手でもない。

マンションまで辿《たど》り着き、部屋の鍵を開けようとした時だった。

（あ……やばいかも……）

鍵がかかっていない。

今日家に行くと数日前に連絡が入っていたのを、すっかり忘れていた。

このところ、企画が忙しく誘いを断り続けていたので、痺《しび》れを切らした相手から今日会いに行くとメッセージが来ていた。直樹自身それどころではなかったので、忙しいからまた今度と断ったのだが、それでも行くから、とメッセージが入っていた。

ドアを開けると、案の定、直樹のものではないスニーカーがある。

「誰か、いるのか？」

部屋の玄関の前で止まっている直樹を、大輔が後ろから覗《のぞ》き込んでくる。

「あー……、まあ、うん……」

まさかこんなときにかぎってと、溜息が出てしまいそうだ。

「直樹、帰ってきたの？」

リビングから顔を出したのは水野だった。今時のアイドル風の甘い顔つきに大きい瞳《ひとみ》は少し垂れ気味で、可愛らしさが残っている。髪型は力仕事をしているので長さがあると邪魔だと言って、サイドは短く刈り上げていた。

水野は直樹の後ろに大輔がいるのを見て、怪訝《けげん》な顔をする。

「誰それ……俺の誘いは断るくせに、他のヤツとは遊んでるってことかよ」

そう言った水野は不機嫌になるのを隠すつもりもないようだった。

（やばいな……）

年下で可愛らしいところもある水野だが、感情の起伏が激しいところがある。

以前、合い鍵が欲しいと言われ、渡してしまっていたのだが、まさかそれが仇《あだ》になるとは思っていなかった。

直樹自身は楽しくやれればそれでよかったのだが、水野は直樹に違うものを求めていた。

最近では束縛したり、直樹の行動に口を出すようになってきていた。

だから、そろそろ潮時かなと思っていた矢先に、こんなことになってしまうとは誤算だった。

これは曖昧《あいまい》にしていた直樹が悪い。

「あ～、ごめん。こいつ、俺の幼なじみでさ。今仕事の関係でこっちに来てるんだけど、泊まる場所がないっていうから今日はうちに泊めることになって……」

「俺、結構前から約束してたよな？」

これはダメだと直樹は思った。

約束をしたわけではなかった。直樹はちゃんと、今仕事が忙しいので無理だというメールをしたはずだ。それを無視して来たのは水野の方で、直樹は内心で溜息を吐く。

「今度ちゃんと埋め合わせするよ。休みの日空けるから」

その時にはちゃんと話をして、今の関係は終わりにしようと心に決める。

「直樹の友達か？」

険悪な雰囲気に、大輔が割って入ってきた。それに答えたのは直樹ではなく、水野だった。

「違うよ、恋人」

それは違うんだけど、と思ったけれど、今それを否定して水野の気持ちを逆なでするのもよくないだろうと、直樹はグッと言葉を飲み込んだ。

「ごめん、智文。今日は帰ってもらってもいいかな？」

優しく宥《なだ》めるように言うと、納得はしていないようだが水野は分かったよと荷物を手に取った。

とりあえず、この場をしのげたことにホッとしたのも束の間、直樹の横を通り過ぎる水野に、グイッと腕を引かれた。

「っ……」

強引に唇を塞《ふさ》がれる。そのキスが気持ち悪くて、直樹は顔をしかめた。

人の居る前でこんなことをするなんて、これが大輔ではなく、直樹のセクシャリティを知らない友人だったらどうするつもりなのだと、怒りが湧《わ》いてくる。

それでも抵抗せずにしたいようにさせていると、大輔に見せつけられて満足したのか、「また連絡するから」と言って、水野は部屋を出て行った。

直樹は手の甲で濡《ぬ》れた口元を拭《ぬぐ》う。玄関先でなんてことをしてくれたんだと、大きな溜息しか出てこない。

「悪い、変なところ見せたな」

大輔はなにも言わず険しい顔をしていた。確かに気分のいいものではないのも分かる。直樹だって水野が、まさかこれ見よがしにキスをしていくとは思っていなかった。

沈黙が気まずかった。それを打ち破ったのは、大輔だった。

「お前の恋人か？」

その質問に、直樹は苦笑いするしかない。

「いや……恋人ではないけど……なんていうか……そういうことする相手というか……」

曖昧な関係をなんと説明したらいいのか分からない。

「なんだ、それは」

怪訝そうにする大輔に、分かりやすい言葉で言ってやる。

「セフレだよ。そういう関係なだけだ」

直樹の返答に眉をひそめる大輔に、胸が締め付けられるような痛みに襲われたけれど、今さら繕っても仕方がないとわざと悪びれた笑いを向けた。

「お前、こういうの嫌いだろ？」

もう昔の自分ではない。大輔だけが全てだったあの頃とはもう違う。

「今の俺はこんな感じだから。一緒にいるのが嫌だったら今からホテル探せよ？」

眉を寄せたまま戻らない大輔に、現実を突きつける。

するとなぜか大輔は、そうじゃないと呟いた。

「お前がいやなわけじゃない……」

「ああ〜、もしかしたら欲求不満なわけ？　このところ忙しくてご無沙汰《ぶさた》だったのにあいつのこと帰しちゃったし、お前が相手してくれてもいいんだぜ？」

わざとらしく口元を緩ませる。さっき水野に貪《むさぼ》られた唇を指で辿ると、さらに大輔の眉間《みけん》の皺《しわ》がひどくなった。

（これでいい）

これで大輔は直樹に近づかなくなるだろう。そうすればもう部屋まで押しかけてくることもなくなるはずだ。

今の生活を乱されたくない。大輔をこれ以上自分の中に入れないためにも、これでいいのだ。

「それでもよければ、泊まってけ……うわっ」

そう言った瞬間、グイッと腕を引かれよろめいた。気がつくと大輔の腕の中にいた。困っているような怒っているような顔が近くにあった。

しかも大輔の口から出た言葉は、直樹の予想に反していた。

「俺でもいいってことなんだな？」

「はっ……？　なに言ってんの」

バカなことを言うんじゃないと、大輔を引き剝《は》がそうとしても力では敵《かな》わない。

後頭部を大きな手で摑《つか》まれて、そのまま上向きにされた。

なにをされたのか、一瞬分からなかった。

「……ん、んっ……」

あっという間に唇を塞がれていた。十年ぶりの大輔のキスに、頭がクラクラする。

昔、自分に一番しっくりくると思っていた相手のキスは、一瞬で直樹を蕩《とろ》けさせる。

思わず大輔の服にすがりつきそうになり、流されたらダメだと大輔の胸を強く叩いた。

「なんだ？」

「なんだ、じゃないっ！　俺はお前とは寝ないっ」

「お前が言ったんだろ?」

言質《げんち》を取られて、あれは違うと言おうとするとまた唇を塞がれた。勝手に入り込んでくる舌が、直樹の口の中を縦横無尽に舐《な》め回していく。角度を変え、舌を絡ませてくる。

直樹を抱く腕は腰から背中を愛《いと》おしげに何度も撫でるから、体の中の欲望の火が灯《とも》ってしまいそうになる。

「や、めっ……ん、ろっ……」

「やだね。セフレなら俺でいいだろ?」

もう一度言われたその言葉に泣きたくなった。言わせたのは自分なのに、悲しかった。

「直樹……」

けれど囁《ささや》かれた甘い声に、直樹はあらがうことができなかった。


ベッドに押し倒され、ねっとりとしたキスをされた。苦しいまでのキスは、舌を絡ませて付け根や裏まで舐め回された。

「ふっ……ん……」

大輔の大きな手で顔を固定され、逃げることもできなかった。のしかかってくる体を押し返そうとしても、ビクリともしないのが悔しい。

しかもそのことに対して大輔が小さく笑ったのが、なおさら腹立たしかった。力で敵わないのならと、直樹は抵抗するのをやめ、キスで応戦してやった。

自分から大輔の少し肉厚の唇を舐めて、腕を首に巻き付ける。引き寄せて少し開いた口の隙間《すきま》に舌をねじ込んで、絡めるようにすると小さく大輔が呻《うめ》いた。

してやったりと思ったのは、ほんの一瞬だった。

「煽《あお》ったのはお前だからな」

そう言った大輔が、さっきよりももっと激しく直樹の唇に吸い付いてくる。掻き回されるように舐められて、その口づけの深さに眩暈《めまい》がした。

長くて濃いキスだった。上唇も下唇も、上顎《うわあご》も下顎も歯茎も全部大輔の舌が触っていった。こんなに器用だったっけと思ってしまうほど、たくみなキスだった。おかげで直樹は体の奥がジンと痺れて動けない。

はふ、と吐息を漏らすと、大輔が不敵な笑みを浮かべて言った。

「へばるなよ」

お前は昔から体力ねぇからなと、そんなことを言われ、忘れかけていた胸の痛みを思い出した。

大輔を好きで好きで、楽しかった頃の自分。大輔も自分を好きだと信じて疑っていなかった頃は、ただ幸せだった。

けれどそれはもう辛い思い出でしかない。

「お前こそ、少しはあの頃より俺のこと気持ち良くさせてくれよな」

そんな直樹の虚勢も大輔はさらりとやり過ごしてしまう。

「ご希望に添えたら、セフレは俺だけにしろよ」

しかもわけが分からないセリフを言われ、文句を返そうとするとそれを遮るようにまた口を塞がれた。

「んんっ……んっんんっ……！」

ドンと胸を叩いても、ビクともしない大輔の体は、直樹が知っている頃よりも厚みがあって、力の差が歴然だった。

直樹の弱いところを知っていると言わんばかりに、大輔の舌が絡まっていく。重なった体温がしっくりと直樹の肌に馴染《なじ》むのを感じていた。

知っている熱なのに、何かが違う。

十年という月日が二人を変えてしまっていた。体も、そして心も。

大輔のことは分からないけれど、自分のことはよく分かっている。上京してすぐの頃は、爛《ただ》れた生活をしていた。とにかく、失恋を癒やすために、たくさんの男と関係を持った。

そうしなければ堪えられなかったのだ。寂しさに押しつぶされそうになって、誰でもいいからすがりたかった。肌を重ねている時だけは、自分が愛されていると感じることができた。

おかげで直樹の体は、敏感になった。

キスだけで硬くなる中心と、そして触れられるだけで硬くなる、胸の小さな突起。

「んっ……ふっ……」

気持ちよさに甘い声が漏れた。それに気をよくした大輔の手が胸に伸びて、小さく布を押し上げている乳首に触れる。

まるで電気が走ったみたいだった。体が飛び跳ねてしまい、大輔に感じているのが分かってしまっただろう。

「ここ、弱いのか？」

弾《はじ》くようにされ、やらしい声が出た。恥ずかしさに口を塞ごうとすると、主張してる突起を服の上からこねくり回されて、それどころではなくなってしまう。

「あ、ああっ……やめ、……ああ、んっ……」

人差し指でこすられたり、回されて押しつぶされた。

「やっ、あっあ、……んっ……」

口をまた塞がれる。ねっとりとしたキスをされながらシャツのボタンを外され、感じやすい胸が露《あら》わになった。

「んんっ……ん、ふっ……んんっ」

少しざらついた指先が余計に直樹を悶《もだ》えさせた。たまらず直樹が体を逃がそうとすると、それを許さないと大輔が上からの圧力を強くする。そしてキュッと乳首を摘《つ》まれて、直樹はまた高い声を上げて喘《あえ》いだ。

「さわ、るなっ……あ、あっ」

「こんなに感じてるのにか？」

はだけたシャツを脱がせながら、大輔の手のひらが直樹の肌を撫でていく。結局ろくな抵抗もせず、直樹は肌を露わにしていた。

「相変わらず白いな」

そう呟いて大輔が肌に唇を寄せた。

「あっ……だめだ、ああっ……」

そこが弱いと知られてしまった。赤く色づいてツンと尖《とが》っている胸の突起を舐められて、直樹の体が小さく揺れた。

ぬるりと生温かい舌が小さな突起を転がして、強く吸われたかと思うと甘噛みされて、直樹は感じすぎて首を横に何度も振った。

「や、だ……あ、あ、あっ……」

「お前のヤダは、いいってことだろ？」

そんなこと覚えてなくていいのに。

ろくな抵抗もしない自分が腹立たしくて、それならまた応戦してやると大輔の体に手を伸ばそうとしたけれど、その手も押さえ込まれてしまう。

「さっきので十分煽られたから大人しくしとけ」

思考も読まれてさらに悔しさが増す。それなのに耳元で囁かれた大輔の低い声に、体の奥がジンと痺れてしまい、身動きが取れなくなってしまった。


ぬるりとした感触が、直樹の肌を伝っていく。すでに体に力は入らず、抵抗する気も失せていた。そのくらい、色々なことをされた。

そして今もまだ、愛撫《あいぶ》は終わっていない。直樹の力の入らなくなった膝《ひざ》を割り、内股《うちまた》を強く吸い上げてくる。その刺激に思わず高い声を漏らした。

「ひっ……あ、あっ……」

昔の大輔は、こんなことしなかった。いや、しなかったのではない。知らなかった。

それだけ自分たちが、大人になりそれなりに経験を積んだという証拠で、胸がちくりと痛む。

内股に這《は》わされた唇が浮き出た筋肉を辿り、付け根を少し強めに吸った。

「あ、あっ……だめ、だ……そんなとこ、吸うなっ……ああっ……」

その刺激に体をくねらせ、ダメと言うと、わざと余計に強く愛撫された。

付け根のその先にある、すでに硬くなっている直樹のそれを舌で舐め上げられる。

「ひっ、あ、ああっ……」

感じすぎて、手の先までジンジンした。広げられていた膝を閉じようとしても、体を入れ込まれてしまっていて、それもできない。

ドロドロに溶けている体は、抵抗する力もなかった。

勃ち上がっている中心は、すでに直樹の体液で濡れそぼっていた。それを舌で掬いとるようにされ、また体が揺れた。

じゅ、とか、ぐちゅ、とやらしい水音を立てて、直樹は背中を浮かす。

「やっ……だ、ああ……、んっ……」

また達ってしまうと、大きく首を振った。

「体力なさそうだから、我慢しろ」

「うる、さいっ……」

大輔がしつこくしなければこんなことにはなってないと、心の中でなじった。

直樹はすでに一度達してしまっていた。出るから離してと何度も言ったのに、大輔は直樹の中心を手で扱《しご》きながら、乳首への愛撫をやめてくれなかった。

おかげで敏感な体は、あっという間に昇りつめてしまった。しかも、最近仕事の忙しさにかまけて、こっちはすっかりご無沙汰だったから分が悪かった。

大輔の言いぐさに直樹は、その手から逃れるように体を捩《よじ》り、横向きになった。これで直接的な前への刺激は避けられるだろう。また先に達かされるなんて冗談じゃない。

けれど、あっという間にその体勢も変えられた。

「そのまま俯《うつぶ》せになれよ」

と、簡単に転がされてしまう。

「ちょっ！　あ、やめろっ！　そんなとこ、ああっ、あ、あっ……」

俯せになった直樹の腰を大輔が引き、尻を突き出す形になった。双丘《そうきゅう》の割れ目を撫でられて、逃げを打つけれどそれを許さないと、また腰を戻される。

「直樹、濡らすモノなんかあるか？」

こっちはそれどころじゃないくらいドロドロにされているというのに、余裕の表情で大輔が聞いてくる。悔しいけれど直樹の体は欲望の火が灯ってしまっていて、ここでやめられても苦しいだけだ。

「……そこの、引き出し……」

ローションの入っている場所を指さすと、大輔は手を伸ばして引き出しから取り出した。

ポンとボトルの蓋《ふた》を開ける音がして、ドロリとした感触が双丘の割れ目を伝い落ちていく。

「つめ、たい……」

「ああ、悪い。ちょっと気持ちが急《せ》いてたみたいだ」

まったくそんなことなさそうな、むしろ余裕さえ漂わせているような口調なのに、自分を欲しがることを言うから、不覚にも胸がときめいてしまいそうになった。

ダメだと思っていても体はいうことをきいてくれない。直樹の中心は完全に勃ち上がり、大輔の愛撫に揺れてしまう。ゆっくりと奥の窄《すぼ》みを撫でられて、あ、と小さく声を漏らすと、気をよくした大輔の愛撫が大胆になった。

双丘に大輔の舌が這い、時々嚙《か》まれる。ローションで濡れた入口を何度も撫でては、離れていく。直樹の予想とは裏腹な愛撫に、むずむずして腰が揺れた。

「そんなに誘うな」

「さそ、って、ないっ……」

そう言って大輔は俯せで腰を上げている直樹を、背中から包み込んでくる。

「うそつけ」

そう耳元で囁かれて、背中に甘い痺れが走った。

大輔の声はズルい。昔よりさらに男の色香を含んでいて、その声が腰の奥まで痺れさせていく。

その囁きから逃げるように顔をそむけると、耳元でフッと笑うのが分かった。

「相変わらず耳は弱いんだな」

うるさいと振り向くと少し苦しい角度でキスをされた。切ない声を上げたいのに、塞がれていて出すことができなくて苦しい。

「んんっ……ん、ふっ……」

漏れる吐息も濡れていた。口を離された途端、高く甘い声があがった。

「あ、ああ、んっ、あ……」

肩や背中に唇を落とし、時々強く吸い上げながら、後ろの窄まりに指が入り込んできた。

「ひっ、あ、あっ……」

ぬち、とやらしい音を立てて、大輔の指が入口を何度も行き来して、次第に深さを増していく。

直樹のそれが脚の間で勃ち上がり雫《しずく》をたらしている。何度も体を逃がそうとしたけれどそれを許さないと引き戻されてしまった。

「くる、しい……や、あ、あっ……」

感じすぎて苦しい。髪を振り乱して何度も首を振った。気が付けば指は増やされていて、もう何本入り込んでいるのか分からない。直樹の腰は自然と揺れていた。俯せで腰を上げ尻を突き出している脚の間で、自分の中心がゆらゆらと揺れているのが、恥ずかしくてけれどいやらしくて、たまらなかった。

いきたい、と何度懇願しても、大輔は許してくれなかった。

「まだ、だ。もう少し我慢しろ」

意地悪なことをいうその指が、直樹の感じる場所を触るからいけないのだ。休むことなく動き続ける手が、背中や腰の窪《くぼ》み、それに乳首を掠《かす》めていく。前を擦《こす》られた時は、達きたすぎて泣いてしまった。

「ひっ、ふっ……も、やだっ……イキたい、イカせろよっ……」

ぐずっと鼻声で訴えると、その涙さえも舌で吸い取られた。くすりと笑った大輔の顔は、再会してから一番優しくて、胸がざわついていく。

もう誰も好きにならないと決めたのに、それを覆されてしまいそうで怖かった。

クタクタで動けない直樹の中からずるりと指が抜かれた。

「あっ……」

奥に熱いものが触れ、直樹のそこが期待に震えている。

「直樹、……」

大輔が後ろから体を重ねてくると同時に、奥が押し開かれていく。

「ああっ……」

挿入の時の苦しさだけは、いまだに慣れない。息を止めそうになった直樹の体を、大輔が撫でてあやしてくる。

「直樹、息を吐け」

耳元で囁かれ、ついでにその耳朶《じだ》を舐められた。

「やあっ、ああっ……」

声を上げると力が抜けた。とたん、大輔が硬いものを奥へと進ませてくる。

「ひっ……、あ、あっ……」

ゆっくりと押し広げ、少し引いてはまた押し込んでくる。もう、苦しさはなかった。

じわりと自分の中が緩んで、大輔を受け入れてしまっている。

みっちりと隙間なく大輔のものを包み込んで、吸い付いて絡み合った熱はどちらのものだろうか、それすらも分からないくらい混ざり合っていた。

「あちぃ……」

そう呟いたのが聞こえ顔を向けると、大輔の額から汗が流れ落ちて乱暴に手で拭う。その仕草が男らしくて、直樹の奥がジンと痺れた。

「あ、んっ……」

じわりと湧き上がる快楽に、たまらなくなっていく。自然と腰が揺れ、もっとと体が欲しているのが分かった。

「だい、すけ……」

名を呼ぶと、顔を無理矢理向かされ、キスされた。

体が密着してさらに大輔のものが奥へと進んでくる。もう我慢できなかった。

「もっと、動いて……」

その言葉に、クソッと大輔が吐き捨てたような気がした。それももう直樹には分からず、ただもっと気持ち良くなりたいと、腰を突き出した。

硬いものが奥の奥まで入り込んできては、そこで止められて焦《じ》らされる。泣きながらもっとしてと言うと、今度は回されて揺さぶられた。

「あ、あ、あっ、あんっ……」

気持ちがよかった。昔よりずっとよくて、それが自分の体はあの頃と同じじゃないと知らしめているようで、少しだけ切なくなったりもした。

「なに、考えてる？」

お前のことならなんでも分かると言いたげな大輔が、顔を覗き込んできて、それから逃れるように、「いいからもっと気持ち良くしろ」と腰を揺らすと、少しだけ苦い顔をしてまた直樹の中を穿《うが》ち始めた。

大きく引き抜いたかと思うと、入口を浅く何度も突かれ、また奥まで腰を叩き付けられた。尻を揉《も》まれながら、腰を叩き付けてくる。ぐちゅぬちゅ、と音を立てて、それがまたやらしさを引き立てるから感じてしまう。

イキたくて我慢できない。

直樹が自分の揺れてる中心を握り、扱こうとすると、大輔の大きな手が伸びてきてそれと重なった。

「一人で、やるなよ」

「あ、やだっ……つよいっ……」

腰を揺らされ、前も同じように動かされる。

「あ、あ、ああ、イっちゃう……」

離せバカ、となじっても、大輔の手にあらがうことはできず、グリグリと奥でされて、もうダメだった。

「あ、あ、ああああっ――」

目の前が真っ白になって、心臓の音が耳元で聞こえた。何度も体を揺らしシーツを濡らしていく。

酸素をなくした魚みたいだった。気持ち良すぎて息ができない。

シーツにへたり込み、力をなくしている直樹の中にいる大輔は、まだ硬さを保ったままだった。

「もう少し付き合え」

そう言って直樹の中からずるりとそれを引き抜くと、体をひっくり返された。

「やっ……、だめ……まだだ、め……ああああっ……」

膝を掬い上げられ、柔らかく溶けているそこにまた硬いものが入り込んでくる。

今度は容赦がなかった。

入れた途端、奥まで強く叩き付けられて、ジンジンと指先まで痛いほど痺れてしまう。達ったばかりで、体の感覚が敏感になりすぎている。

「ひ、っ……あ、ああっ、やだっ……」

こわい、と泣きじゃくると優しいキスが落ちてくる。

何度も揺さぶられ、穿たれて、気がつけばまた直樹の中心に力が戻っていた。

グチュグチュとまるで女みたいに濡れている音が、部屋中に響く。

そして、大輔の動きが速くなった。

「直樹……」

呼ばれて口を塞がれ数回強く叩きつけられると、直樹の最奥《さいおう》で大輔が動きを止めた。

熱い飛沫《しぶき》が体の奥にまき散らされていくのが分かった。

そのあとは、もう何度泣いて許してと懇願したか分からないほど、体を貪られ直樹はいつの間にか意識を飛ばしていた。

鼻をくすぐるいい匂《にお》いで直樹は目を覚ました。起き上がろうとした瞬間、体が重たすぎてまたベッドに沈み込む。

「……いてぇ……」

呟いた声は掠れていて、直樹は枕に顔を埋《うず》めた。

大輔がキッチンに立って何か作っていた。その光景が、上京する前に直樹が描いていた未来を見ているみたいで、胸が苦しくなった。

こんな未来を夢見ていた。二人で同じ部屋で暮らす、甘い幼い夢。

それを壊した本人が、今ここにいる。怒りより悲しみの方が強く押し寄せて、不意に泣きたくなった。

「起きたのか？」

ベッドのすぐそばにあるテーブルに朝食を運んできた大輔が、直樹が起きていることに気づき声をかけてきた。

「……体中痛い」

顔を見られたくなくて横にそむけると、大輔は肩を竦めて苦笑する。

「お前が煽るからつい、な」

「煽ってねぇし、本気でやめろって何度も言ったしっ！」

挑発に乗って声を上げると、盛大にむせてしまった。

「声嗄《か》れてるのに、興奮するからだ」

誰のせいだと睨《にら》み付けても、大輔はどこ吹く風で笑うだけだった。

「ほら、飯食うから顔洗ってこい」

またベッドに体を預けようとした直樹の腕を「ほら、起きろ」と引いてくる。

正直、もっと寝ていたかったけれど、テーブルに用意されている朝食に、腹の虫が反応してしまってうるさいので、しかたなくバスルームに向かう。

顔を洗い着替えを済ませてからリビングに戻ると、朝食の準備が整っていた。

昨日食べ損ねた総菜に、味噌汁《みそしる》に焼き魚までテーブルに並んでいた。

「こんなの、いつ買いに行ったんだよ……」

どう見ても冷蔵庫になかった食材が含まれている。

「習慣で早く目が覚めるからな。起きてしばらくの間、お前の寝顔を眺めてからコンビニに買い出しに行った」

「なっ、んで俺の顔なんて見てんだよっ」

むせこむと、ほらと水を出してくる。

「なんでって、寝顔は昔と変わらず可愛いなと思っただけだ」

大輔の甘ったるい言葉に直樹は狼狽《うろた》えた。

可愛いなんて昔だって言われたことがない。しかもちょっとだけ胸がときめいてしまったから、余計に何も言えなくなった。

「顔、真っ赤だぞ」

「お、お前が変なこと言うからだ！　アラサー捕まえて可愛いとか、ばかじゃないのか！」

「いいから飯食うぞ」

直樹を無視して大輔は「いただきます」と朝ご飯を食べ始めた。

もう怒る気力もなくした直樹は、大輔の作った食事をぺろりと平らげた。

本当なら休みたいところだけれど、色々な案件が動き出しているのでそんな余裕もなく、仕事に行く準備をする。しかもその案件の一つは、この体のだるさと痛みを作った原因の、大輔が関わっている日本酒フェアだ。

今日は遅番で本当によかった。重たい体を引きずりながら準備をして、「もう行くぞ」と声をかけると、大輔も荷物を持って立ち上がる。

そして思い出したように「そうだ」と言った。

「上京したときはまた泊まらせてもらうから、よろしく」

そう言われ思わず変な声が上がった。

「はぁ？」

仕事の関係で、上京する機会が増えるのだと言う。

「無理。もうお前を泊める気ないから」

これ以上大輔に踏み込まれるのは困るので、冷たく言い切ってさらに追い打ちをかける。

「そんなことされたらおちおちセフレも呼べねぇだろ？　またブッキングして相手が減ったらどうしてくれるんだよ」

あたかもたくさんの相手がいるように振る舞った。実際、そんなことはしていないけれど、これで大輔が諦めてくれるならと思ったのだが逆効果だった。

「セフレなら俺でいいだろ？」

「よくないっ！」

力一杯否定したけれど、あんなに昨日よがって気持ちいいって泣いただろ、と返されてしまい反論できなかった。

「冗談じゃない！　今度からはちゃんとホテル取れ。俺は泊めないからな」

突き放しても大輔は引かなかった。

「お前を満足させればいいんだろ？　もうお前は俺だけに抱かれてればいい」

傲慢《ごうまん》で自信に満ちた口調で言われて戸惑ってしまう。今の大輔は予測不可能でどうしたらいいか分からない。

こんな大輔は知らない。知らないから、また惹《ひ》かれてしまいそうになる自分がいて怖い。

結局、ずっと大輔のことを忘れなかったのは事実だった。大輔以上に好きになれる相手ができなかったこともあったが、またあんなふうにひどくフラれるのが怖くて、深い付き合いができなくなった。

すべてを捨ててもいいと思える恋は、二度とないだろう。

「なんで俺がお前の言うこと聞かなきゃいけねぇんだよ！」

フッフッと怒りが湧いてくる。

自分を捨てたのは大輔だ。それなのにどうして自分だけで満足しろなんて言えるのだろうか。

直樹は大輔の思うようにはさせないと、強がりで言った言葉だった。

「そうだな。たくさんいるセフレの一人でいいのなら、付き合ってやるよ」

「分かった。お前がそうしたいなら、それでもいい」

大輔はその言葉に顔色一つ変えずそう答えた。それもまた直樹の心を抉《えぐ》っていく。投げつけた言葉は自分を傷つけるだけのものにしかならない。

大輔の顔が近づいてきて、玄関先で唇を塞がれた。

もう辛い思いはしたくない。そう思うのに大輔のこの腕を拒むことができない。

直樹の中に大きな矛盾と、拭えない不安が広がりはじめていた。

それから度々上京するようになった大輔は、宣言通り直樹の家をホテル代わりにするようになった。

泊まりにくるのを拒めず、なし崩しにセックスまでしてしまっている。

(これじゃ本当にセフレじゃねぇかよ)

気怠《けだる》い体に溜息を吐いた直樹は、会社でパソコンを開いていた。開催の迫ってきた日本酒のフェアの準備をしつつ、他の案件の連絡も入れなければいけないのに、体が重くて集中できない。それもこれも全部あいつのせいだと心の中でなじった。

（しかも……手加減しないし……）

たまりすぎだろうと、昨日されたことを思い出して、体の奥がむずがゆくなった。大輔を受け入れていた場所に、まだ感覚が残っている。脚を大きく開かれて、強く揺さぶられ、強請《ねだ》るようなことまで言ってしまった自分が嫌になる。

大輔とのセックスは、気持ちが良すぎてわけが分からなくなる。

そんな直樹を、大輔はどう思っているだろうか。セックスに慣れただらしのない人間だと軽蔑《けいべつ》しているだろうか。

そう思うと、直樹の気持ちは沈んでいく。わざとそう思わせるように仕向けたのは自分なのに、こんなにも気持ちが落ちてしまう。その理由を、考えたくなかった。

大輔とだけは、こんな関係になりたくなかったはずなのに、どこをどう間違えてセフレになってしまったのか。自分の軽率な行動を恨むしかない。

すでに、後悔ばかりが押し寄せていた。

そのせいか、食欲も湧かず、体重が落ちてしまっている。元々線が細いので、痩《や》せてしまったのは一目瞭然《いちもくりょうぜん》だった。

けれど食べようとしても、体が受け付けないのだから仕方がない。

この前、安堂にも「それじゃせっかくのイケメンが台無し！」と怒られてしまったほどだった。

どうにかコントロールして気持ちを保とうとしているのだが、うまくいかない。その原因が大輔に軽蔑されたくない気持ちだということが、直樹をさらに悩ませていた。

そんな自分に、小さく溜息を吐いたときだった。携帯がデスクの上で振動した。ロック画面を見るとまた同じ相手からの通知で、直樹は違う意味で大きく溜息を吐きたくなった。

大輔とのことがあってからは直樹の気持ちが余計に冷めてしまったこともあり、水野にはもう会わないとメールを入れた。

一度は途絶えた連絡が、最近また入るようになった。しかもＳＮＳの通知が多く正直困っている。会いたいとか、俺は別れないとか、そんなメッセージが入ってきたかと思うと、何気ない話題を入れて気を惹こうとしたりする。

はじめのうちは当たり障りない返事をしていたのだが、だんだんと内容がエスカレートしはじめ、きつい言葉を投げてくるようになった。

そもそも、直樹は付き合っているつもりはなかった。

直樹にとっては都合のいい相手で、水野がその関係に満足していないことに気づいていたけれど、無視し続けていた。そこからすでに自分たちは合わなかったのだろう。

水野は感情が激しいタイプなので、できることなら会わずに済ませたいけれど、それは都合がよすぎると自分でも分かっている。だからちゃんと向き合って謝りたいとは思っている。けれど、その気をなくさせるほど、メールがしつこいのだ。

間を空けずまた通知が来る。読んでいないメッセージが、今日だけで二十件を超えていた。

「さすがに、ちょっとヤバイかな……」

しつこいというより、異常になってきている気がする。

これでは仕事に集中できないと、心の中でゴメンと呟いて、水野のＩＤを拒否すると、今度は電話が鳴った。

「まじかよ……」

一度切れて、またかかってくる。

これはもうダメだと、直樹は通話ボタンを押した。

『どうして返事くれないんだよ！』

出た途端、大きな声が聞こえてきた。「ちょっと待って」と、直樹はデスクのある部屋を出て、バックヤードに移動した。

直樹の仕事内容を水野は知っているし、この時間が業務中なのも分かっているはずなのに、感情にまかせていることがいつもの水野ではない。

「仕事中だったから、休み時間に連絡しようと思ってた」

『うそつけ！　既読にすらならなかったじゃねぇかよ』

「今、仕事が本当に忙しくて自分の携帯見てる暇がないんだよ」

直樹が硬い声で言うと、逆上していた水野も少し我に返ったようで、『ほんとに仕事中？』と聞いてきた。

「なんなら、会社に電話かけてきてもいいよ。営業の櫻井いますかって言ったら繋《つな》いでくれる」

そこまで言うと納得したようで、『ごめん』と謝ってきた。

こういう所は素直で悪いやつではないのだ。

それでも、直樹の中でもう水野とは元の関係に戻ることはできないと、今回のことで感じていた。

体を許すというのは、それなりに信用がなければできない。こんなことをされてしまったらもう無理だと思った。

「ちょっと、今やってる仕事が終わったら少し時間が取れるから、一回会ってちゃんと話そう」

溜息が漏れそうになるのを我慢しつつ直樹がそう切り出すと、水野はまた少し声を荒げて「俺は別れないからな」と言った。

（だから、付き合ってたわけじゃないんだけど……）

と言う言葉は飲み込んだ。

「とにかく、今日はゴメン。この後ももうすぐに業者が来ちゃうから切るぞ？」

また連絡すると、一方的に終了させ携帯の電源も落とした。

「疲れた……」

そう呟くと、大きく溜息を吐いて、直樹はまた仕事場へと戻った。


事務所に戻ると今度は別のトラブルが待っていた。

「あ、櫻井！　どうしよう……ちょっと問題が起きた」

一緒にこのフェアをやっているフロア担当の中川が、直樹のことを探して待っていた。

仕入れでミスがあり、日本酒と同時開催するはずだったワインの搬入が、間に合わなくなってしまったというのだ。

「うちで頼んでる卸業者のミスで、当日に間に合わないって……」

そういう中川の顔は青ざめていた。それもそうだろう。今回搬入されないワインもかなり人気のもので、ある程度の集客を見込んでいた。日本酒は直樹が担当し、ワインの方を中川が担当してくれていたのだ。

「とりあえず、すぐに納品してもらえるところを探そう」

とはいっても、そのワインもかなりの品薄なので、そう簡単に量を揃《そろ》えてくれるところもない。

とにかく手分けして色々な業者を当たってみようということになり、電話をかけようとしたときだった。

「こんにちは、中川さんいますか？」

混乱する事務所に顔を出したのは、今朝別れたばかりの大輔だった。

（なんでこんな時に……つか、今日来るなんて言ってなかったくせに……）

中川との約束なら直樹に報告する必要はないけれど、一緒にいたのに知らされていなかったのがなんとなく気に入らない。

けれどそんな自分のモヤモヤなんて気にしていられないほど、今は状況がひっ迫している。

「ああ！　津屋さんすみません……」

中川は大輔との打ち合わせを失念してしまうほど焦っていたようだ。

直樹が黙々と業者をピックアップしていると、大輔がこちらを窺ってくる。

「なんかあったんですか？」

という大輔の問いかけに、中川は困ったように答えた。

「実は……ちょっと搬入のトラブルがあって……」

「中川、それは言う必要はないだろ？」

さすがにそんな内情を、取引相手に話す必要はないと直樹が止める。こちらのミスではないけれど、大輔だって立派な取引先で、こんなトラブルを見せてしまうのは、信用問題にも関わってくる。

けれど直樹の制止を無視して、大輔は勝手に話を聞こうとした。

「搬入のトラブルってことは、納期が遅れるだけ？　それともまったく商品が入ってこないってことですか？」

「え、……あの、その……」

大輔の問いに中川が困ってしまっている。

「部外者には話せないんだよ」

直樹が助け船を出すと、大輔が直樹の方に近づいてきた。

「なにか手伝えるかもしれないだろ？」

話してくれないか、と真摯《しんし》な顔で言われてしまい、直樹は迷ったあげく、目玉商品の一つになるワインが卸業者の手違いで入ってこなくなってしまい、今から別の所に頼めないか探すのだと説明した。

するると大輔が少し考え込んだ後、提案してきた。

「それは絶対に同じワインじゃないとダメなのか？　たとえば話題になってる別の酒を用意するとか……」

確かにそれでもいいのだが、この短期間にそんな人気商品が確保できるとは思えない。

直樹が渋い顔をしていると、大輔が話を続けた。

「うちの酒、俺が造ったオリジナルのものならどうにか都合つけられるけど」

「ほんとですか？」

と、飛びついたのは直樹ではなく中川だった。

「あれ、今年はもう無理だって言ってたヤツですよね？」

「まあ、それですね。けど予備と店舗販売分を多めに取ってあるので、その辺は都合つけられると思います」

直樹にはよく話が分からない。元々櫻井酒造の酒は数点取り扱うし、目玉にもってくる商品も決まっていた。

「どういうこと？」

ちゃんと説明してくれと直樹が言うと、中川が悪い悪いとさっきの焦りとは一転して、機嫌良く説明してくれた。

「伝統的な櫻井酒造さんのお酒とは別に、津屋さんがオリジナルで酵母をブレンドして造られた日本酒がすごい人気なんですよ！」

「そんなにすごいってほどじゃない」

と肩を竦めた。

「それが今、なかなか手に入らない幻の酒って話題になってるんですよ！　それなら注目度も高いですし！」

中川の持ち上げに、大輔は苦笑する。

「それもただ単に、造れる量が限られてるから、昔から懇意にしているところにしか回せないだけの話なんですよ」

そんな稀少《きしょう》価値のあるものを回してもらえるのは有り難い。なにより大輔が、そんなものを作り出していることに驚いていた。

その酒はなかなか手に入らないということで、プレミアも付いているのだという。

「そういうの好きじゃないんで、来年からはもっと市場に出せるようにするつもりです」

今回のフェアは、その宣伝を兼ねるというのはどうかという大輔の提案だった。

こちらとしては有り難い話だけれど、勝手にこんなことを決めて、大輔の立場が実家で悪くなるようなことはないだろうか。

「本当に大丈夫なのか？」

「なにがだ？」

「……俺の、いるところにそんな商品卸すなんて……お、やじとか……怒るんじゃないかと思って」

そういうと、大輔がくすりと笑う。

「俺の心配してくれたのか？」

「ち、違うっつーの」

慌てて否定すると大輔に笑われた。

「この酒に関しては、好きなようにやらせてもらってるから大丈夫だ。親父さんたちにも迷惑はかけないよ」

そう言った大輔の手が、不意に直樹の頬《ほお》を掠めた。

「津屋さん、ちょっとそちらの方の打ち合わせもするのでこちらへ」

「またあとでな」

中川に呼ばれ、大輔は事務所の奥にある会議室へ入っていった。

触られた場所が、熱い。直樹はジンジンしている頬に手を当てた。大輔の体温を感じるだけで、直樹の体に火が灯る。このところ、毎週のように上京してくる大輔と体を重ねているせいもある。

けれど、また一緒にいる時間が増え、今の大輔を知る度に惹かれていっているのが、自分でも分かっていた。

実家の仕事の話を聞くのは楽しかった。小さい頃から蔵の入口から見ていた職人たちの作業が、どんな意味を持っていたのか。それを知る前に直樹は家を飛び出してしまったから、なおさらだ。

本当は自分が継ごうと思っていた蔵。その蔵で今、大輔がどんなことを考え働いているのか、見てみたいと思うようになっていた。

男らしさを増し、やはり大輔は直樹の好みなのだと痛感する。

それはそうだ。無自覚にずっと好きだった幼なじみなのだ。初恋も理想も、すべてが大輔だった。

だからこそずっと忘れることができず、今もこうして求められるがまま、ズルズルと関係を続けてしまっている。

大輔が、どうして直樹のことを抱くのか分からない。大輔もただのセフレだと思ってこの関係を続けているのだろうか。

直樹の中の疵《きず》は、根深く残っている。それでも大輔との思い出は、直樹の中で綺麗《きれい》な宝物のように輝いている。別れ方はひどかったけれど、それまでの思い出が消えたわけではないのだ。

ずっと心の奥にしまっておきたい大切なもの。だから、今の大輔とは関係を持ちたくなかった。宝物は宝物のまま、そっとしておきたかったのに。

だから、セフレとして扱われるのはもっと辛かった。

「……このままじゃ、ダメなんだよな……」

事務所の椅子《いす》に腰掛けた大輔の小さな呟きに、安堂が「え？　あの幻の酒じゃ代用にならないの？」と、言われてしまい慌てて「別のことですよ」と訂正した。

今の大輔に惹かれているのと同時に、捨てられたという昔の疵が疼《うず》いているのも事実で、またあの時みたいに突然別れが来たら、今度こそ立ち直れない。

だから直樹は決心する。この企画が済んだら大輔との関係はやめようと。

今度は自分から離れることができれば、昔ほどの痛みは伴わないはずだ。

それに、大輔は大輔なりに地元での地位も確立しているようだった。これだけ人気のある酒を造っていれば、街では有名になるだろう。

直樹が関わることによって、大輔の邪魔にはなりたくなかった。

（あいつとの関係は終わらせる。それでいいんだ）

そう自分に言い聞かせ、パソコン画面に視線を戻し仕事を再開した。


そんな直樹の気持ちとは裏腹に、大輔から離れることは仕事上無理な話だった。

ワインフェアは時期をずらして開催することになり、無事に日本酒フェアがはじまった。人気のものが揃っているということで、女性からコアなファンまで足を運んでくれているようだった。

やはり一番の目玉は、大輔が造ったという幻の酒で、どこを探しても手に入らなかったのにデパ地下の酒コーナーで買えるなんてと、日本酒好きの人たちの間で話題になっているらしい。

そのせいで大輔と密に連絡を取ることが増えた。

しかも、今回のトラブルを回避できたのは大輔の手腕に寄るところが大きく、櫻井酒造に直接お礼をした方がいいのではという話が、スタッフの間で持ち上がった。

もちろんそうなると、担当の直樹が挨拶に行かなければならなくなる。

「え、っとちょっと待ってください。それは俺じゃなくて中川に……」

さすがに誰か代わりに行ける人がいればと思い、立案者の一人でもある中川に話を振った。

「俺はフロア担当だし、フェア始まってから忙しくて現場離れられないよ」

肩を竦め、それは営業のお前の仕事だろなんて言われてしまう。

直樹だって困る。勘当されてから一度も地元の土を踏んでいないのだから。

それに今さらどの面を下げて実家に帰れというのだ。自分はあの時、家を、すべてを捨てて上京した。父親だって、こんな息子の顔を見たいとは思ってないだろう。

「無理だ」

そう答えた声は、ひどく硬いものだった。

その声に直樹の強い拒否を感じたのか、中川が窺うように「なんで？」と聞いてくる。

それに対し直樹は「なんでもいいだろ」と少しきつい口調で返してしまった。滅多に声を荒げることのない直樹がそんな言い方をしたので、中川が驚いていた。

「……言いたくないならいいんだけど……」

申し訳なさそうな中川の声に、直樹はすぐに八つ当たりをしてしまったことに頭を下げた。

「ごめん……俺、実は実家とはあんまり折り合いがよくなくてさ……」

と本当のことを話すと、中川が慌てて手を合わせてきた。

「こっちこそ、何にも知らなかったから全部櫻井に押しつけてごめん！」

「俺の方こそ、何にも話してなくて悪かった……まさか自分の実家絡みの仕事が来るなんて思ってなかったからさ。けど……」

と小さく息を吐いて、直樹は決心して顔を上げる。

「仕事なんだから私情を挟んだ俺が悪い。だから、ほんとごめん」

直樹も自分の非を認め謝ると、俺もと中川が切り返してきて、埒《らち》があかなくなり二人で笑ってしまった。

「櫻井酒造さんには、俺が挨拶に行くよ。津屋さんと知り合ったのも俺だし、そのくらいはシフトも調整できると思うからさ」

中川がそう言ってくれた。

「けど、お前も忙しいんじゃないのか？」

フェアの準備など、フロアを取り仕切っているのは、中川なのだ。

「まあ、一日くらいどうにかなるべ」

と笑ったあと、心配そうにこちらを見た。

「最近、櫻井の調子が悪そうっていうか、なんか瘦せたのってもしかして、今回のことで精神的にも負担かけさせたせいかなって思って……今の話聞いちゃったら、これ以上無理させられないよ」

中川の言葉に直樹は何も言い返せなかった。

確かに大輔と再会してから、不安定になっているのは否めない。

実際、食欲も落ちていて、考え事が増え睡眠時間も減っている。

大輔との体の関係が体力も奪っていて、それに加え水野からの攻撃で精神的負担もあり、疲れて果てていた。

「……悪い、面倒くさいことやらせちゃって……」

「大丈夫大丈夫！　旅行だと思って楽しんでくるよ」

そう言って笑ってくれたので、直樹の気持ちもいくらか楽になった。


十年ぶりに降り立った地元の駅は、色々と変わっているところもあれば、そのままの姿で残っているものもあり、懐かしさと見慣れなさが同居して複雑な気持ちになった。

小さく溜息を吐いて、直樹はこうなる運命だったんだと、自分の運の悪さを呪《のろ》うしかなかった。

なぜ直樹が地元へ戻る羽目になってしまったのか。

本当は中川が来るはずだったのだが、前日に担当しているフロアで欠員が相次いでしまい、さらには中川本人までが体調を崩し、直樹が行かざるを得ない状況になってしまった。

今さらジタバタしてもしかたがないのだが、溜息が出てしまう。

正直、昨日からものが喉《のど》を通らないほど、不安と緊張でいっぱいだった。

駅から実家までは、車を使わないとかなり遠い。バスかタクシーを使うことを考えたが、中川の代わりに直樹が行くことを大輔に伝えると、迎えに来ると言うので甘えることにした。

「……暑い……」

直樹は改札口で大輔を待っていた。

ただの帰省とは違い今日は会社の代表としての訪問なので、スーツを着ている直樹はなおさら暑かった。

それに加えまだ梅雨《つゆ》明けをしてないのに、まるで夏のような日差しが照りつけていた。暑さに弱い直樹は、実家に辿り着く前にバテてしまいそうだ。

早く迎えに来て欲しい気持ちと、このまま来なくていいと思う気持ちが入り交じっている。

「はぁ……仕事なんだからしっかりしろ」

自分を納得させようと独り言を呟いていると、「何言ってんだ？」と後ろから急に声をかけられて驚いた。

「なっ、んだよっ！　前から来いよ！」

「駅の駐車場がこっちなんだから仕方ねぇだろ」

振り返ると大輔が後ろに立っていた。白いシャツにジーンズ、その上に懐かしい実家の羽織を着ている大輔は新鮮で、不覚にもときめいてしまう。

（ドキドキすんな俺の心臓！）

心の中で自分を叱咤《しった》する。

「久しぶりに帰ってきたんだ、どっか見にいくか？」

そう聞かれたが、直樹は首を横に振った。自分は遊びに来たわけではない。仕事をしにきたのだ。

「いや、直接家に行くよ」

そう答えると、大輔と目が合った。その目は優しく微笑《ほほえ》んでいる。それは昔からよく向けられていたもので、どうしてそんな目をするんだと胸が苦しくなった。

その胸の痛みを押し殺し覚悟を決めた直樹が「行こう」と告げると、「分かった。じゃあ帰るか」と大輔が頷いた。

蔵で使っている軽トラックに揺られながら、懐かしい田舎道を走る。

「この辺は変わってないな」

「そうだな。大きく変わったのは駅前だけだな。けど、うちの周りも色んな店ができて便利にはなったかな」

特にコンビニはありがたい、と笑っていた。

直樹がいた頃は、コンビニもあまりなかった。

「今は木村《きむら》がコンビニの店長やってるよ」

「え？　あの木村？」

「そうそう」

仲良くしていた同級生の木村の実家は、直樹がいた頃は雑貨店を営んでいたのだが、今はコンビニになっているらしい。

「へぇ！　おばちゃん元気かな」

「おばちゃんは相変わらずだ」

木村のお母さんはいつも元気な人で、小さい頃は悪さをしてよく怒られたりもしたけど、肝っ玉母さんという感じで直樹は大好きだった。

「なら、よかった」

「会いに行けばいい」

きっと喜ぶぞと言う大輔の言葉に、そうだなと答えたあと黙り込んだ。

直樹が実家を出てからずっと帰ってきてないことを、可愛がってくれていた人たちはどう思っているだろうか。

恩知らずだと思われても仕方がないことを自分はしてきたんだと思うと、今さら顔を出すことなんてできそうにない。

窓の外を眺めながら、そんなことを考えていると、見慣れた町並みに入ってきた。

もうすぐ実家だ。

緊張して心臓が痛いくらいだった。手に変な汗をかいていて、呼吸が浅くなってしまうので大きく深呼吸をした。

すると運転している大輔が、直樹の頭をコツンと突いてきた。

「大丈夫だよ」

大輔に直樹の緊張が伝わっていたようだ。

「……うるさい」

と返した声も硬かった。十年も帰っていなかったのだ。緊張しない方がおかしい。仕事だと割り切れるほどドライな性格だったら、大輔のことだってもっと早く忘れられていたはずだ。

ゆっくりと交差点を曲がると、昔と変わらぬ実家の杉玉が見えてきて、鼻の奥が痛くなった。それと同時に、緊張も最高潮に達し、また一つ大きく深呼吸をした。

あっという間に近づいて、ついに店の前に軽トラックが止まった。直樹の鼓動は全力疾走をしたように速くなっていく。体がこわばっているし、手も震えてしまって冷たくなっている。

ほら行くぞ、と大輔に声をかけられ助手席からようやく降りる。久しぶりに見る入口の格子戸の前で動けずにいると、大輔に背中を押された。

「大丈夫だから」

さっきと同じ言葉に今度は素直に頷くと、直樹は店の引き戸を開けた。

「……ただいま」

自然と口から出た言葉は、この扉をくぐるときに必ず言っていたものだった。

店に入るとそこには、昔から店番と事務をしてくれていた浅川さんという年配の女性と、母親がいた。浅川さんは直樹の姿を見て涙を浮かべている。

少しの間、沈黙が走った。

「おかえり」

そう言った母親が怖い顔で近づいてきたので、殴られるのを覚悟した。それだけのことを自分はしたと思っている。

目をつぶってその衝撃を待つけれど、いっこうに来ない。あれ、と思って目を開けた瞬間だった。ドン、と体に強い衝撃を受けてよろけそうになった。

「この、バカ息子！」

そう言った母親が直樹に飛びついてきた。よく顔見せてと両頬を包んだ母の手は、昔と変わらず温かくて、我慢できなかった。

「ごめん、母さん……ごめん」

直樹は何度も謝罪の言葉を繰り返しながら、溢《あふ》れるものを止めることができなかった。頬を伝う涙を、子供の頃のように母の指が拭ってくれる。

「なんも気にしてないよ。お前の元気な顔が見れただけで十分だから」

たくさん迷惑をかけたはずなのに、そのことを一言も口に出さずにいてくれた母に、感謝してもしきれない。

すると、今度は奥から父親が顔を出した。昔と同じように難しい顔をしているけれど、体は一回り小さくなったように感じた。直樹と目が合うとすぐに逸らしてしまう。

「と、うさん……」

自分がゲイだとカミングアウトして以来、まともに話したことはない。

思わず声が掠れた。それでも振り絞って喉の奥から声を出す。

「ただいま」

無視されるのも覚悟の上だった。

口数が少ないのは相変わらずだけど、それでも直樹の言葉を無視することはなく、ただ、一言。

「ん」

と返事をしてくれた。それだけで直樹には十分だった。

父が本当に怒っているときは、その小さな一言すら発さない。こうして答えてくれたということは、直樹の帰省を受け入れてくれたことに間違いなく、それが嬉しかった。

なにより十年という年月は、長すぎたと痛感する。

父も母も、直樹の覚えている姿より年を取っていた。目尻のしわが増え、髪に白いものが混じっている。それだけ心配も迷惑もかけたのだと思うと、直樹は胸が苦しくなった。

年に一度でも実家に戻ってきていたら、こんなに大きな変化には感じなかったはずなのだ。

それがまた、直樹を後悔させた。

だからこれからは、無視されても実家に帰ってくるようにしようと心に決める。

自分のことを受け入れてもらえなくても、様子を見に来ることくらいは許して欲しい。

後ろを振り返ると、大輔が微笑んでいて、目が合うと頷いてくれる。それだけで心強かった。

「挨拶、しなくていいのか？」

仕事の方、と言われて、直樹は本来の目的を果たさなければと居住まいを正した。

「本日は松嶋屋デパートを代表して、先日のお礼に参りました。このたびはご協力いただきありがとうございました」

直樹がそう頭を下げると、奥にいた父親が素っ気なく返してくる。

「あの酒は、大輔にすべて任せてある。そいつがお前のためにそうしたいと言ったんだ。礼なら大輔にしてやれ」

もしかしたらと思っていたが、大輔は直樹を助けるためにかなり無理をしてくれていたのだという。

直樹は大輔の方を振り返ると、頭を下げた。

「大輔のおかげで本当に助かった。ありがとう」

これは会社の代表者としての言葉ではなかった。大輔が、直樹のことを助けたいと思ってしてくれたことだから、自分の言葉で言いたかった。

「自分がしたいようにしただけだから」

そういった大輔の視線が真っ直《ます》ぐに直樹に向かってくる。その言葉の真意を、知りたいと思うのと同時に、知ってしまったらもう後戻りができないような気がしていた。

けれど、自分はもう大輔との関係をやめると決めたのだ。だから知らなくていい。

「あれ？　お客さんですか？」

直樹が自分の気持ちと葛藤《かっとう》していると、店に若い女性の声が響いた。

「大輔さん、お疲れ様です。さっきご実家から連絡があって、櫻井を十本ほどもってきて欲しいそうです」

「ああ、分かった」

そう言った大輔の視線がやっと離れていく。ホッと小さく溜息を零《こぼ》したが、今度はその女性が大輔の近くに寄っていくのが気になった。

この子は誰なんだろう。思わず目で追ってしまっていると、母親が「お前は莉乃《りの》ちゃんのことは知らないよね」と話しかけてきた。

彼女もまた見知らぬ男が店の中心にいて、怪訝そうな顔をしていた。

「ああ、莉乃ちゃん、この子うちの放蕩《ほうとう》息子の直樹」

「ええ！　じゃあ大輔さんと幼なじみっていってた息子さんですか。初めまして、去年からこちらでお世話になってます、佐竹《さたけ》莉乃です」

母親の言葉にころりと態度を変え、急ににこやかに笑い、挨拶をしてくる。

両親の都合で数年前にこっちに引っ越してきてから、アルバイトで店舗の方に時々入っているのだという。

値踏みされているような視線が、居心地悪かった。苦手なタイプだなと思いつつも、営業用の笑顔を直樹も返す。

「初めまして。息子の直樹です。いつも両親共々、みんながお世話になってます」

「こちらこそ、皆さんにすごくよくしてもらってます」

ね、大輔さんと、隣にいる大輔を仰ぎ見る目は、嬉しそうに輝いてた。

「莉乃ちゃんはあんまり体が強くないから、よく大輔くんが送り迎えしてくれてるんだよ」

と母親が教えてくれた。

（ああ……そういうことか……）

みんなはこの二人をくっつけたいんだな、と雰囲気で察してしまった。

跡継ぎはこんな息子だし、家業を任せられるのは大輔が最有力なのだろう。この二人が結婚して蔵を継いでくれれば、櫻井酒造は安泰だ。

ここにはもう自分の居場所などなかった。分かっていたことだけれど、目《ま》の当たりにして打ちのめされたような気分になる。

実家を離れ上京する前に感じた、すべてから拒絶されたような絶望感が甦《よみがえ》ってくる。

大輔に対し、しきりに話しかけている莉乃は、可愛らしいという言葉がよく似合う女性だった。仕草も言葉の選び方も、どうすれば自分が相手に可愛く見えるのか知り尽くしている。しかも、甘え方が上手《うま》い。

直樹は苦手なタイプだけれど、こんなに可愛い子に好意をむけられたら、普通なら簡単に落ちてしまうだろう。

並んでいる大輔と莉乃は、お似合いだった。

ここから消えたいような気持ちになるけれど、せっかく実家に足を向けられるようになったのだから、この苦く痛々しい自分の感情を受け入れなければいけない。

話をしている二人の姿に詮《せん》ないことを思う。

あの時、自分が上京しなければ、何か違っていたのだろうか。

大輔ともあのまま一緒で、違う未来が待っていたのだろうか。

その考えに直樹は首を横に振った。きっとここに残ったとしてもいつか破綻《はたん》していた。息苦しさを感じ直樹は上京を決めたのだから、きっと隠し続けることなんてできなかっただろう。

「直樹、今日は泊まっていけるんでしょ？」

お夕飯好きなもの作るからね、と母親の張り切っている姿に、自分がここに帰ってきたことは間違いではないと思いたい。

母親と話していると、大輔がこちらを見た。その視線が直樹に突き刺さる。再会して曖昧な関係を持ってしまって、昔の気持ちに引きずられてしまっていたが、今の直樹の中にある想いは、決して恋などではない。

まだ認めていないこの気持ちに早く蓋をしなければ。今の関係を終わらせると決心したはずなのに、そう考えるだけで胸が張り裂けそうになる。

大輔の強い視線に、直樹は曖昧に笑って誤魔化すことしかできなかった。

直樹の十年ぶりの帰省は、思っていたよりすんなりと受け入れられ終了した。

昨日の夜は、気が付けば近所の人たちが集まり、大宴会になっていた。直樹が帰ってきたという噂《うわさ》はあっという間に広がり、色んな人が会いに来てくれたのも嬉しかった。

小中学校の時からの友人も顔を出し、夏祭りよりも賑《にぎ》やかだったんじゃないかと思うほどだった。

それもこれも大輔のおかげだ。大輔と再会しなければ、実家に帰ってくることはなかっただろう。

直樹は朝一番の新幹線で東京に戻り、そのまま職場へ向かった。土産《みやげ》に実家で造っている酒粕《さけかす》や店に卸していない酒を渡すと、安堂たちは大喜びだった。

前日の大宴会のおかげで寝不足もいいところだ。帰省が決まってからずっと緊張していたせいで、体の疲れと精神的な疲れが相まってクタクタだった。

出張帰りということもあり、今日は早めの帰宅が許されたので、その言葉に甘えることにした。

夕方の電車に揺られ自宅へ戻る。

ドアを開け「疲れた」と溜息を吐きながら、部屋の電気をつけた瞬間、息を飲んだ。

「な、んだ……これ……」

頭の中が、真っ白になった。

部屋の中は直樹の服という服が散乱していて、まるで泥棒に入られたみたいだった。しかも、台所のシンクには、皿やコップが叩き付けられて粉々に割られているではないか。

部屋の惨状を見て、背筋が凍った。思考が停止して血の気が引き、力が抜けよろけて壁に当たって我に返った。惚《ほう》けている場合ではない。

震える体にむち打って立ち上がると、なにか盗まれたものはないか確認をする。通帳や奮発して買った時計など、金目のものは取られた形跡がない。他にも特になくなったものはなかった。

空き巣ではないのなら、誰がこんなことをしたのだろうか。

部屋の鍵はちゃんとかかっていたのに。

シンクに割られていた皿やコップを片付けていると、あることに気が付いた。割られていたものは、水野が買いそろえたものばかりだった。

しかも彼はこの部屋の鍵を持っている。

「……まいった……」

まさかこんなことをするなんて。

確信はないけれど、取られたものがないことや、食器を割るなど、いやがらせとしか思えない行為をする相手は、他に思い当たらない。

警察と大家に連絡した方がいいのだろうかと考えたけれど、まずは彼とちゃんと話をしてからにしようと、思いとどまった。

直樹の推測が正しければ水野に間違いないだろう。

泥棒でなかったことはよかったが、ここまで水野を追い込んでしまっていたとは正直思わなかった。

直樹は大きく息を逃がしながら、散乱した洋服をひとまとめにした。しわになってしまっているものもあるけれど、とりあえず広げて置いておいて、休みの日に片付ければいい。

これは水野の気持ちをないがしろにした直樹が悪い。

相手が何を望んでいるのか分かっていたのに、自分の都合ばかり押しつけていた。

けれど、さすがにこれはやり過ぎだ。

これ以上水野がエスカレートする前に、ちゃんと話し合いをしなければ。

またなにかされたら、本当に水野を許せなくなってしまう。そんなことにはなりたくない。

「大家に言って鍵付け替えてもらうしかねぇかな……」

そう呟いたときだった。

直樹の携帯が大きな音を立てて鳴り響き、驚きで心臓が大きな音を立てた。

おそるおそる画面を見ると、そこには【大輔】と言う文字が映し出されていて、ホッと胸を撫で下ろした。

「……もしもし？」

『どうかしたか？』

大輔の一言に、それはこっちのセリフだと自然と笑みが漏れた。

「お前こそなんだよ」

そう問い返すと、なんとなくだ、と言う。

『昨日、ゆっくりと話せなかったからな。今日も早々に帰っちまうし……なんとなく声が聞きたかっただけだ』

弱っているときにそんなこと言わないで欲しい。直樹が困っているときに、いつも隣にいてくれたのは大輔だった。

今はもう違うと分かっているのに、こんな時に電話をしてくるなんてずるい。もう、大輔とは仕事以外のことでは関わらないと決めたのに。その決心が揺らいでしまいそうになる。

『やっぱりおかしいな、なんかあったのか？』

ほんの少しの会話でどうして分かってしまうのだろう。大輔の言葉は直樹の弱った心に入り込んでくる。

ここで言うべきではないと分かっているのに、大輔の心配する声に気持ちが負けてしまった。

「ちょっと……帰ってきたら、部屋が荒らされてて……」

『なんだそれ。どういうことだ？』

警察に連絡しろと大輔が硬い声で言ってくる。

「いや……いいんだ、とりあえず取られたものはないし……」

『そういう問題じゃないだろ？』

相手も見当が付いているし、話し合いをしてそれで片を付けたいと直樹が言うと、大輔は納得できないのか、しばらくの間、無言だった。

その沈黙が、怖かった。

自分のしてきたことに呆《あき》れられてしまったかもしれないと不安になったけれど、次に大輔が口にしたのは直樹を心配するものだった。

『本当にそれでいいのか？　心配だから今からそっちに行く』

その言葉に心底ホッとしている自分がいた。

「平気だよ」

もう終電もねぇだろというと、車で行くと今度は返してくる。

「ほんとに、平気だから」

『無理をするな』

直樹の強がりに、大輔が言った。

その言葉が嬉しかった。いつも直樹が困ったとき、弱ったときに必ずそばにいてくれた大切な幼なじみ。苦しいくらい胸が締め付けられ、認めたくない気持ちを認めざるを得なかった。

この男が、好きだ。

ずっと、ずっと、好きだった。

結局、大輔のことが忘れられなくて、誰とも付き合えなかった。

分かりきったことだったのに、認めたくなかったのは、手ひどくフラれたからという意地もあった。

けれど、もうダメだった。再会して何度も体を重ねて、また離れようと決心したのに、優しい言葉をかけられたらひとたまりもなかった。

本当はすがりたい。今すぐ来てくれと言ってしまいたい。

けれど、その気持ちをグッと堪えて直樹は笑う。

「なに言ってんだよ」

それにこれは自分でまねいた結果だ。自業自得だと分かっているので、大輔に助けてもらおうとは思っていない。

今まで、人との付き合いを軽んじてきた罰だと受け止めている。

「大丈夫。俺だって男だし、いざとなったらどうにかするさ。それに……」

自分を好きでいてくれたのは分かっていたのに、それを都合のいいときだけ利用したひどい人間なのだ。

だから最後はちゃんと終わらせなければいけない。

「明日、ちゃんと話をつけてくるよ」

『俺が行くまで待て』

「なんでお前が出てくるんだよ、関係ねぇだろ」

まるで恋人のようなセリフに、思わず笑ってしまった。

「ほんとに、俺がちゃんとケジメをつけなかったのがいけなかったんだ。大丈夫、心配してくれてありがとな」

大輔はまだ納得してなさそうな声を出していたけれど、直樹はじゃあまたな、と電話を一方的に切った。


次の日、直樹は水野と会う約束を取り付けた。部屋のことにはあえて触れず、ちゃんと話がしたいとだけ告げると、分かったという連絡が来た。

どこで会おうかと悩んだけれど、向こうから直樹の家でならいいというので、渋々承諾した。

(あんまり逆上させないようにしたいけど……)

今の水野が納得するとは思えないけれど、それも自分がしてきたことの報いだ。

これ以上相手を傷つける前に終わりにしたい。

（そう思うのも、俺の勝手なんだけどな）

正直殴られてもしょうがないと思っている。

気が重いまま仕事を終え、自宅に戻るとすでに水野が来ているのだろう、部屋の明かりが点《つ》いていた。

ドアを開け部屋に入ると、水野が硬い顔で座っていた。

「呼び出して悪かったな」

「……別に」

うつむき加減にそう答えた水野に、直樹はちゃんと向き合わないといけない。

飲み物を用意して、水野から少し離れた場所に腰かけると、話を切り出した。

「今まで、ごめん。智文は……俺のことちゃんと好きでいてくれたんだよな？」

最後くらいは誠実でありたいと、直樹はずっと秘めてきた自分の気持ちを正直に水野に話した。

「俺は、ずっと……忘れられないヤツがいる……けどそいつにはこっぴどく振られてて、だからもう誰とも付き合いたくないって思ってた。それでお前に嫌な思いをさせたなら、謝る」

ごめん、と頭を下げると、水野は「だから？」と硬い声のままだ。

直樹が何を言おうとしているのか、もう分かっているのだろう。

「だから、もう智文とは会えない。俺ももういい加減な付き合いをしたくないって、思ったんだ」

「……今さらそんなことというのかよ」

「本当だよな……今さらって分かってても、それでも思い出しちゃったから……」

人を好きになる気持ちがどんなものだったか。思い出すのが怖いほど傷ついて、それでもやっぱり本当に人を好きになったら、その気持ちは止められないのだと思い知らされた。

だからもう嘘はつけない。

「人を好きになることを……思い出しちゃったから」

だからもういい加減な付き合いはできないと、直樹は頭を下げた。

「この前の、男？」

水野の問いに、直樹は小さく頷いた。

「ずりぃよ、あんた……部屋をグチャグチャにしたのが俺だって分かってるくせに怒らねぇし」

「ごめん……」

「そんなんで、納得しろっていうのが、もっとずりぃよ」

そう言った水野に手を取られ、そのまま床に押し倒される。

「智文っ！」

「直樹が、全部悪い」

そう言って水野が直樹のシャツを乱暴に引き裂いた。

ボタンがはじけ飛び、このままでは何をされるか分からないと抵抗するけれど、力は水野の方が上だった。いつも仕事で重たい荷物を持っているというだけあって、ふりほどけない。

「やめろっ……」

「いやだね」

そう言って直樹の首筋に近づいてきた水野と、一瞬目が合った。

その時の水野は、苦しそうな悲しそうな顔をしていた。そんな顔をさせたのが自分だと思うと、後悔でいっぱいになる。

だから「やめてくれ」と何度も訴えたけれど、水野は力任せに直樹の体を貪ってきた。

水野の舌が直樹の肌に触れた。ざらりとした感触が気持ち悪くて鳥肌が立つ。

今までは誰としても、こんなふうに感じたことはなかったのに、大輔と再会して体を重ねたせいか、それとも自分の気持ちを自覚してしまったからなのか、とにかく大輔じゃないと嫌だと体が拒絶している。

（……大輔っ……）

心の中で叫んでも助けが来るはずがない。

それでも呼ばずにはいられなかった。もう他の人を受け入れたくない。もう自分に嘘を吐きたくない。

「智文、嫌だっ……やめてくれっ」

直樹の懇願に、水野は一瞬だけ動きを止めた。

「直樹も、痛い想いをすればいい」

そう言ってまた直樹の肌に唇を寄せてくる。こんなことをしても、どちらも傷つくだけだと思った。どうにかしなければと藻掻くけれど、今の水野は直樹の言うことに耳を貸してくれる状態ではなかった。

「ともふ、みっ……！」

水野が直樹の両手を押さえ込み、顔を近づけてくる。イヤだと目を閉じて、顔を背け逃れようとした時だった。

ふと体が軽くなり、大きな音がした。

「大丈夫かっ、直樹」

「だい、すけ……」

思わずホッとした声が漏れた。

どうして大輔がこんな所にいるのか、考えようとするけれど思考が上手くまとまらない。

心配そうにこちらを見ていた大輔の顔つきが、直樹の乱れた服を見て変わった。

この顔は、ヤバイ。本当に大輔がキレているときの顔だ。

「てめぇ……直樹になにしたっ！」

「大輔っ……！」

大輔は直樹の制止を無視して、床に転がっている水野の胸ぐらを摑み殴りかかろうとした。

「ダメだっ！　殴るな！」

大声で大輔を制して、たくましい腕にしがみつく。

「なんで止める？　さっきのが合意だっていうのか？」

そんなわけない。けれど、水野にこんなことをさせてしまったのは、自分なのだ。

「これで、終わりだから!!　だからもういいんだっ」

直樹の言葉に、しがみついていた大輔の腕から力が抜ける。水野の胸ぐらを叩きつけるように離したけれど、表情は怒りに満ちたままだった。直樹は大輔に「大丈夫だから」ともう一度言って、乱れた服を押さえながら水野の前にしゃがみこんだ。

「ごめん、お前のこと好きになれなくて……」

それを聞いた水野は、唇を嚙みしめたまま、何も言わずズボンのポケットに手を入れると、部屋の鍵を取りだし直樹に渡してきた。

「俺は、アンタのことが好きだった……」

「うん、知ってた」

その言葉に困ったように笑うと、水野は「やっぱりアンタはズルい」と泣きそうな声で言

った。

「いっそのこと、嫌いにさせてくれたらよかったのに」

水野は苦しそうにそう吐き出した。その言葉が痛かった。何も言わず、水野は荷物を手に取り、玄関へ向かった。

「智文、ごめん。好きになれなくて……ごめん」

直樹の謝罪の言葉に水野が立ち止まる。けれどもうこちらを振り返ることはせず、そのまま部屋を出て行った。

パタン、とドアの閉まる音がして、ホッとして大きく息を吐いた。へたり込んでしまった直樹に、大輔が大丈夫か？　と声をかけてくる。

安堵《あんど》と申し訳ない気持ちが入り交じって、うまく言葉が出てこない。

ただ、大輔が助けに来てくれたことが嬉しかった。

「ああ……悪い、変なところ、見せたな……」

直樹が無理矢理笑顔を作ると、大輔の眉間に皺が寄った。手が伸びてきて抱き締められるかと思った。

けれど、大輔の手は直樹の肩をポンと叩くと、離れていってしまう。

「お前が無事でよかった」

そう言った大輔の声は、まだ硬いままだった。

「別の服に着替えた方がいいぞ」

「あ……、そう、だな……」

自分の状況を思い出し、直樹は青ざめた。シャツのボタンははじけ飛び、男に押し倒されている直樹の姿を見て、大輔は何を思っただろうか。

人間関係にだらしがないと呆れただろうか。それでいいはずなのに、大輔にこれ以上嫌われたくないと思う自分がいる。

「よく、こんなことあるのか？」

険しい声で大輔がそう聞いてきた。

「さすがに滅多にない、っていうか、こんなことされたの初めてだな……ヘマしたよ」

と誤魔化すように直樹は笑った。

「俺も、あいつと同じなんだな」

一瞬、大輔の言葉が理解できなかった。何を、言ったのだろうか。

「なに、が……？」

そう聞き返すと、大輔はこちらを見ようとはしなかった。

「セフレ、だろ？」

と言われ、直樹の体から血の気が引いていく。息が苦しくて、耳はぼわんと一枚フィルターがかかったみたいだった。

大輔と再会してから、直樹の心はもう捕らわれていたも同然だった。

昔から、大輔だけが特別だった。だから大輔との関係がまた始まってからは、他の男と寝ることなんて考えられなかったし、セフレだという言葉も、直樹の強がりだと大輔なら分かってくれていると勝手に思い込んでいた。

だから、その言葉にひどいショックを受けた。

もう大輔にとって自分は、取るに足らない相手だったのだ。

「そ、だな……お前は、水野と変わらない……関係だよ……」

どうにか絞りだした声は震えていた。こんなことを言われるくらいなら、助けに来てくれなくてよかった。

——痛い想いをすればいい。

水野の言葉を思い出していた。

(十年前に十分したはずだったんだけどな……)

好きな人に裏切られすべてを失った。それなのに自分も人を傷つけてしまっていた。その報いが、同じ相手にまた傷つけられるということなのだろう。

(また俺は痛い想いをしたよ……)

十年も忘れられず今もまだ好きな人に、セフレなのだと突きつけられたのだから。

「ははっ……」

思わず漏れたのは笑いだった。

なんで人は悲しすぎると笑ってしまうんだろうか。

涙を見せたくないからなのか、それは直樹にも分からなかった。

ただ、今は大輔と一緒にいたくない。それだけだった。

「直樹……？　どう、したんだ？」

突然笑い出した直樹に、戸惑いながら大輔が近寄ってくる。

差し出された手を、直樹は思いきり払いのけた。

「悪い、帰ってくれ……助けてもらった礼は、また今度改めてするから」

今はとにかく一人にして欲しい。

勘違いをして舞い上がっていた自分が恥ずかしい。まだ大輔から好かれているのだと、ずっと思っていた自分が滑稽《こっけい》だった。

「直樹、話があるんだ」

今度は自分がフラれるのだろうか。そんなの今は聞きたくない。

「今日は、とにかく帰ってくれ」

グイッと大輔の背中を押して、部屋から追い出そうとする。

さすがの大輔も直樹の様子がおかしいことに気が付いたのか、諦めたように分かった、と息を吐き出して、そして「また来るから」と部屋を出て行った。

ドアを閉めると喉の奥から出る笑いを、直樹は止めることができなかった。

笑っているはずの声が途切れ途切れになる。次第にそれは嗚咽《おえつ》へと変わっていった。

「……っ……うっ……」

胸の奥からこみ上げてくる悲しさは十年前と同じもので、自分がどれほど大輔だけを想っていたのかを知らしめる涙だった。

翌日、泣きはらした顔で仕事に行くと、みんなにどうしたの？　と驚かれてしまった。それはそうだ。いい大人の男が、泣きすぎで顔がパンパンになってしまったのだ。

「なんか最近忙しかったからデトックスしないとと思って、泣ける映画見たら泣きすぎちゃってさ」

苦しい言い訳かなと思ったけれど、その辺はみんな大人だ。理由に触れることなく聞き流してくれた。

そのあと、安堂が心配して声をかけてきた。

「これで冷やしなさい」

と渡されたのは保冷剤で、気遣いがありがたかった。

仕事の合間に、目を冷やした。おかげで午後にはどうにか腫《は》れも引き、いつもの顔に戻っていた。

けれど折れた心は、そう簡単に立て直すことはできなかった。昨日のことを思い出すと、胸の奥がまた抉られた気持ちになる。

――俺も、あいつと同じなんだな。

同じなわけがない。そう言えたらどんなによかったか。

ずっと特別だった。

仕事中なのにまたこみ上げてくるものを感じ、直樹はぐっと息を止めてそれを耐えた。通り過ぎるのを待って、ゆっくりと息を吐き出して瞬《まばた》きをする。

まなじりに溜《た》まった涙が、一雫《ひとしずく》流れ落ちていった。

もう元には戻れない。それは十年前から分かっていたことなのに、何を期待していたのだろうか。

自分で蒔《ま》いた種で、傷つくなんてお門違いだ。

もう一度ゆっくりと深呼吸する。

(仕事、しろ)

そう自分に言い聞かせ、止まってしまっていた手を動かした。

なにかに集中している方が楽だった。パソコン上で在庫のチェックをしていると、事務所に中川が現れた。

「あ、櫻井いたいた。お前、聞いてた？」

と、興奮した様子で入ってくる。何のことか分からず首を傾《かし》げていると、日本酒の品評会の結果を見ろと言われた。

「昨日ちょっと用事があって津屋さんに連絡したら、今上京してるって聞いて、その理由がこれだったんだってよ」

インターネットを立ち上げて、言われた品評会のページを開いた。

そこには、今年造られた日本酒の品評会の結果が上がっていた。

数年に一度行われる新酒の品評会に、櫻井酒造もエントリーしたらしい。

「初めてエントリーして特別賞に選ばれたらしいぜ！」

これこれ、と指を差され、心臓が止まるかと思った。

「……んだよ、これ……」

「どうみても、お前の名前だよな」

画面に映し出されている新酒の名前。達筆で「直樹」と書かれている。

「意味、分かんねぇよ……」

どうして大切な新酒にこんな名前を付けたのか。

直樹の名前など、大輔にとって穢《けが》れたものでしかないはずだ。

セフレだと、そう言ったのは大輔だ。それなのに、どうしてそんな名前を大切な新酒に付けたりするのだ。

わけが分からない。混乱する直樹の頭では、状況を理解することが難しかった。

大輔がなぜこんなことをするのか。その真意を知りたいけれど、昨日あんな醜態を見せてしまった上にセフレだと言われてしまったのだ。怖くて連絡なんてできるわけがない。

「そのうちこれも置かせてもらえるように交渉しよう」

中川は嬉しそうにそう言っていたけれど、色々な感情が直樹の中に渦巻いていて、「そうだな」と曖昧に笑うことしかできなかった。


一日中、昨日のことと新酒の名前のことが気になって、仕事に集中できなかった。おかげで単純なミスまでしてしまい、自分の未熟さを思い知った一日となった。

疲れた体を引きずって自宅へと戻り、そのままベッドに倒れ込む。

大輔はどうしてあんな名前の酒を造ったのだろうか。

(うちの両親に気を遣った、とか……?)

むしろ父親は冗談じゃないと言いそうな気がするので、その考えは却下した。

(とくに、意味はないのかもしれないな……)

たまたま付けた名前が、自分と同じものになっただけだろうか。けれど大輔のことだから、それもないだろう。

(あいつが無意味な名を付けるとは思えない)

「分かんねぇよ……」

疲れがドッと押し寄せてきて動けなくなった。

「風呂……飯……」

着替えもしてないし風呂にも入っていない。食欲はないけれど夕飯も食べないと、また安堂に怒られてしまう。けれど、やっぱり面倒くさい。すべてを放置してこのまま寝てしまおうかと目を閉じたときだった。

インターフォンが鳴った。

出なくちゃと思うけれど動きたくない。このまま無視しようとすると、今度はドアを叩く音がした。

「直樹、いるんだろ?」

ドアの向こうから聞こえてきたのは、大輔の声だった。

「な、んで……」

大輔がここに来る理由が分からなかった。昨日、直樹のことを見限ったからあんなことを言ったのではないのか。それなのに、どうして直樹に会いに来るのだろう。

「話が、あるんだ」

その声がまるで懇願しているようで、大輔らしくなかった。

会いたい。

けれど、会うのが怖い。またあんなことを言われたら、今度こそ立ち直れない。

「ちゃんと、話がしたい」

もう一度聞こえてきた声は、ハッキリと強い意志を持ったものだった。

フラれるにしろ、なんにしろ、いい加減なことはしてはダメだと、昨日水野が教えてくれたじゃないかと、自分を鼓舞する。

怖いからといって逃げ続けてもなにも解決しない。ちゃんと向き合わなければ、直樹も先に進めない。

直樹はドアの前に立ち、一つ大きく深呼吸をすると鍵を外した。ドアを開けるとそこにはスーツ姿の大輔が立っていた。

「その、格好……」

「ああ、ちょっとな。それも……後で話すから、とりあえず入れてくれ」

そう言って勝手に部屋の中に入ろうとする。

「話だけなら、別に玄関だっていいじゃねぇかよ」

直樹が阻止しようとすると、大輔は持っていた紙袋から一本の酒を取りだした。

「これを、お前に飲ませたかったから」

差し出された瓶《びん》に貼られているラベルには、自分の名前が書かれている。

「……これ……」

「俺の造った酒だ」

今日はその品評会の授賞式があったのだという。今回は特別賞をもらったということで、急遽《きゅうきょ》上京してきたらしい。

そして昨日、その報告をしにきたところに、あの場面に出くわしてしまったのだという。

「本当は、昨日これを一緒に飲もうと思って来たんだが……」

もうなにがなんだか分からない。大輔の気持ちが、直樹には摑めない。

「どうして、そんな名前付けたんだよ……」

吐き出した声は、情けないほど揺れていた。

セフレだといって突き放すくせに、新しい銘柄の酒に直樹の名前を付けたり、大輔がなにをしたいのか分からない。

「お前、なんなんだよ……もう、俺を振り回さないでくれ」

泣きたい気持ちを抑え、持っていた酒を突っ返した。

「セフレも、もう終わりだ」

「俺は、セフレなのか？」

そう問われ、もう堪えられなかった。大輔の口からその言葉を聞く度に、心が折れてしまいそうだった。

「お前がそう言った！」

昨日言ったばかりの言葉を忘れたとは言わせない。

「俺は、元からセフレでいるつもりはなかった。けどお前がまだそんなことをしてるんだったら、もう金輪際やめさせる」

他の男と寝ることはもう絶対に許さない、と酒を押し当てていた腕を強い力で掴まれた。

「昨日のやつと同じだと思ったら、正直、ショックだった。俺がいるのになんでってな……」

「っ……」

グッとまた力を入れられて、痛みで顔をしかめる。

持っていた酒は大輔に奪い取られたけれど、手は離してもらえなかった。

「もう、俺だけにしておけ」

絶対に逃がさないと、大輔が抱き締めようとするから、とっさにその胸をグッと押しのけた。

「なんなんだよっ！　俺は……今までずっと、もうこれでいいって思って生きてきたんだよ！　いまさら出てきて……俺の中をかき乱すな！」

離せともがくけれど、大輔に力では敵わない。

悔しい。

昨日一日泣いて、もう涸《か》れ果てたはずの涙がまた零れてしまいそうになる。

「お前がセフレとして付き合う方が楽ならと思って、それに合わせてきた。けど昨日あんな若造に押し倒されてるのを見て、はらわたが煮えくりかえるかと思った」

だからもうお前に合わせるのはやめた、と大輔が強引に背中に手を回してくる。

「な、んなんだ、よ……俺は、あの時から、もう……ずっと全部、諦めたんだよっ」

十年前のあの日から、ずっと一人で生きていくと決めたのだ。

そばにいると言ったこの男に裏切られてから、ずっと。

大輔が現れなければ、ずっと適当に生きて過ごしただろう。それでいいと思っていたのに。

「お前と再会したせいで、思い出したくもない古傷が痛んで仕方がないし、忘れてたはずの感情まで引き戻されて！」

ドン、と広くて男らしい大輔の胸を、思い切り叩く。

何度も何度も叩いても大輔の腕は緩まなかった。

悔しくて、どうして自分ばかりがこんなに辛い想いをするのだと思ったら、もう我慢できなかった。視界が歪《ゆが》み、涙が溢れていく。

「俺はっ……もう、どうしたら、いいか、わかんねぇよ……」

溢れ出してしまったらもう止められなかった。ずっと一人でいいと思っていたはずなのに、大輔のせいでずっと一緒だった頃の、幸せだった気持ちが甦ってしまって、もう一人ではいられなくなってしまっていた。

「俺は、もうお前から離れる気はないから」

そう言って直樹を強く抱き締めてくる。

「お前の言葉は……信じない」

裏切られたことは、忘れていない。それなのに、その言葉を信じたくて仕方がない自分がいる。

本当は好きだと言ってしまいたい。けれど言いたくない。直樹のあの時の疵は、今もしこりのように硬く、それは「人を好きにならない」という自分を作り上げたのだ。

それなのに。

「もう、誰も好きにならないって、そう決めたのに……」

なんで今さら俺の前に現れたんだよと、もう一度大輔の胸を叩くと、両手を摑まれた。

離せともがこうとすると、大輔が静かな声で名を呼ぶ。

「直樹」

そんな優しい声で呼ばないで欲しい。また涙が溢れてきてしまうから。

もうこれ以上、惨めな姿をさらしたくないのに。

「俺はお前のこと、好きなんて言葉じゃ足りない。ずっと、昔からお前しかいらないって思ってた」

その言葉に、十年前の怒りがわき上がってくる。

「じゃあ、なんであの時一緒に来なかったんだよ‼」

受験するふりまでして直樹を騙《だま》し、結局地元に残ったのは大輔だ。それを忘れたとは言わせない。

睨み付けるように大輔を仰ぎ見る。その顔は苦渋に満ちていて、彼が後悔しているのだと分かったけれど、直樹の怒りと悲しみはそれ以上のものだった。

「俺はあの時お前に捨てられて全て失った。家も、恋人も……生きていく意味さえもなくした気がした‼　それでもやっと、どうにか立ち直って今みたいな生活ができるようになって、それなりに生きていくのも楽しく思えるようになったのに、なんで今さら俺の前に現れたんだよ‼」

今まで抑えていた気持ちが爆発した。別れてからずっと、直樹の中にある治らない疵。再会してからグジグジと痛んで仕方がなかった。

こんなみっともない姿を見せたくなかったから、ずっと我慢していたのに。

直樹の両腕を摑んだまま、その手を大輔が自分の方へ引き寄せる。頭を下げ、額に寄せる姿はまるで懺悔《ざんげ》をしているようだった。

「お前を傷つけたのは謝る。けど、俺はお前の居場所になりたかった……何があってもお前を守るって、ずっと昔から決めてたから」

だから上京できなかったと。

何を言っているのか分からなかった。自分を守るためだったらなんで一緒に来てくれなかったのか。そばにいてくれるだけで、直樹は十分だった。

「意味、分かんねえよ」

腕を振り払う気力も失せた直樹に、大輔がゆっくりと額を重ねてくる。

「お前が、自分のセクシャリティのことで悩んでるのも分かってた。俺は別に気にしないけど、お前は慎重だから二人の関係をずっと考えてくれてたのも知ってた」

そこまで分かっていて、なぜ裏切ったのだ。

ずっと二人でいたかった。だからあの街を出て二人で生きていこうと、そう決めたのに。

「けど俺はお前に何一つなくして欲しくなかったんだ。親父《おやじ》さんも女将《おかみ》さんも、あの街も」

額を重ねたままの大輔の声が、苦いものに変わった。

「だから全部話して承知してもらった上で、俺は櫻井酒造で雇ってもらった」

初めの何年かは親父さんが口をきいてくれなくて大変だったけど、と笑う。

「え……？　な、に……？」

大輔が、また直樹の理解を超えることを言っている。

「だから、俺たちのことも全部話した上で親父さんの了承を得たかったんだ」

「なに、それ……」

そんなこと、聞いてない。ずっと連絡を取っていた母からも、そんな話は一度も聞いたことがなかった。

大輔はいつも思っていることを口にしない。そんな大輔のことを分かっているつもりだったけれど、少しも分かっていなかったのは直樹の方だ。

「一人前になって認められたらお前を迎えに行く。それまでは会わないってのが親父さんとの約束だったんだ。それに、今じゃもう許してもらって、色々と教えてくれるしな」

自分の父親のことは、よく分かる。頑固な父を説得するのは、どれほど大変だったか。だから、直樹が帰ったとき、あんなにすんなりと受け入れてくれたのだろう。

「なんだよ、それ……」

大輔自身が得をすることなんて、一つもないのに。

自分のために、ここまでしてくれる人なんて後にも先にも、大輔しか知らない。

直樹は溢れる涙を止めることができなかった。

「ばか、じゃないのか……」

そう泣きながら詰《なじ》ると、そうだなと大輔が笑う。

「俺がしたかっただけだ。お前を守ることが、俺の生きる意味だから」

そう言って抵抗しなくなった直樹を、もう一度ゆっくりと抱き締めてくる。

大切なものを扱うように、直樹の体を大輔の手が擦《さす》った。

もう素直になっていいのだろうか。

昔のように、すべてを委《ゆだ》ねてもいいだろうか。

抱き締める腕の温《ぬく》もりは、昔と同じように直樹に安心感を与えてくれる。

それはそうだ。幼い頃からずっと一緒にいたのだから。

「お前、バカだよ……」

俺のために人生捨てるなんて、と言えば軽く頭を叩かれた。

「人生捨てたつもりはねぇよ。今は仕事にも生きがい感じてるしな」

あとはお前がいてくれれば、万事オッケーだと笑う。

それに、と大輔がつけ加えた。

大輔の頑張りと一途《いちず》な気持ちに動かされて、自然と周りにいた人たちは受け入れてくれるようになったらしい。

それに元々直樹と大輔の仲の良さを知っていたから、余計だろう。

弟子入りを認められ、仕事も任せられるようになった頃、没交渉になってしまっている直樹をどうにかして実家に連れ戻したいという思いは、蔵のみんなの中にあったのだという。

「ちょうど俺の造った酒が認められ始めたのもあって、色々な酒のイベントに出るようにしたんだ」

その時、今一緒に企画をやっている中川と出会ったらしい。

「みんなお前の心配をしてたから、絶対に連れ戻してやるって思ってた」

どこかのデパート関係の仕事をしているというのは風の噂で知っていた。だからそれを頼りに東京のイベントに参加するようにしたのだという。

「女将さんは知ってたみたいだが、それは俺の試練だからといって教えてくれなかった」

と苦く笑う。確かに母らしい言葉だ。甘やかすだけが全てじゃないと、直樹にも厳しいところがあった。

それにと、大輔は持ってきた酒に手を伸ばし、それをもう一度直樹に渡してきた。

「これは、親父さんが認めてくれた証拠だ。名前を付けるときに、お前の、直樹の名前を使いたいと言ったら、許してくれた」

許してなかったら名前を使わせてくれるような人じゃないだろ、と言われ、直樹は我慢できなくなって大輔のたくましい体に抱きついた。

直樹のためだけにここまでしてくれる大輔を、もうなくしたくない。

十年間、離れていてもずっと愛されていた。

ずっと胸の奥で凍ってしまっていた、直樹の心が溶けていくようだった。

「大輔……だい、すけ……」

言葉が出てこなくて、名前を呼ぶことしかできなかった。直樹の背中や肩を、宥めるようにずっと大輔の手が撫でてくれている。その手の温かさに、また涙が溢れた。

「ず、っと……好き、だ……昔から、お前だけをずっと」

好きだった、と何度も繰り返す。もう二度と言えないと思っていた言葉をやっと言えた。

そんな直樹を見て、大輔が小さく笑う。

「なん、だよ……」

ムッとして顔を上げると、悪びれず謝ってくる。そして鼻と鼻が擦れ合うくらい、近くに顔を寄せて大輔が言った。

「俺はそれじゃ足りないから」

全然足りないと言った大輔の唇が、ゆっくりと直樹のものに触れてくる。優しく啄《ついば》んで、そして離れていく。

両頬を大きな手で包まれて、間近で目が合った。

その大輔の目は、昔と変わらず直樹だけを見つめている。

「——あいしてるから」

だから好きじゃ足りない、と言われて、直樹はまた涙を止めることができなかった。


優しいキスは、今までとまったく違うものに感じた。

啄まれるようにされたあとキスは深さを増し、何度も角度を変えながら舌を絡め合った。

大輔の大きな手が直樹の体をいたわるように撫でていく。このぬくもりはもう偽りの関係ではなく、自分のためのものだと思ったらまた涙が溢れてきてしまった。

この手を、ずっと待っていた。忘れたくても忘れられなくて、けれど戻る勇気がなかったのは、直樹の方だった。

もっとくっつきたくて大輔の体に腕を回し引き寄せると、そのまま同じくらいの強さで抱き締め返された。

キスをしながら折り重なるようにベッドに倒れ込んだ。大輔が直樹の頬や額にキスを落としながら、シャツのボタンを外して、あらわになった直樹の胸に手を這わせていく。

温かい大輔の手。いつも直樹の手を引いてくれた、優しい手。

「ふっ……」

涙を堪えようとしても、無理だった。それに気付いた大輔が、しょうがないな、という顔で笑っていた。

「泣きすぎだ」

昔から泣き虫だったけど、と言われて、もっと涙が溢れてきた。

「大輔……」

名を呼べば、返事の代わりにキスが落ちてくる。

たくましい首にすがりついて、もっとして欲しいと強請るとそれにちゃんと答えてくれた。

飽きることなく唇を重ね合った。絡み合う舌は深くなり、唾液《だえき》も混ざり合った。歯列をなぞり、上顎の裏を舐められ舌を引っぱられる。

「あ、……ダメっ……」

キスをしながら胸をいじり回された。そこが弱いのはもう知られている。

大輔と心が伴わないまま何度も体を重ねたけれど今日は違う。どこを触られても感じてしまって、どうしたらいいのか分からない。

小さく尖る突起をこねくり回され、膝を割られ大輔の脚が絡まっていく。

「ひっ、あ、あっ……」

感じすぎて怖い。脚を擦りつけられ、すでに硬くなっている中心に刺激を与えられて、喉を反らしながら直樹はまた声を上げた。

着ていた服をすべて剝ぎ取られても、抵抗できなかった。

「お前も……脱げよ」

俺ばっかりでズルい、と気恥ずかしさを誤魔化すために体に手を伸ばし、服を脱がせると、たくましい体が露わになる。貧弱な自分とは違い、腕や胸、そして腹筋も割れていて、体格の違いを見せつけられた。

「……お前ばっかり……格好良くなりやがって……」

自分は昔より貧弱になってしまっているから、正直こんな体を見せるのは恥ずかしかった。

けれど、大輔は直樹の体をジッと見つめている。

視線が首筋から、胸、そして腹部を通った場所が熱を持つように痺れていく。

「んっ……見すぎだ、バカ……」

恥ずかしさから身を捩ると、ダメだと引き戻されてしまう。

「痩せたな……俺のせいか……？」

確かに食欲が落ち、数キロ痩せてしまった。元々肉付きがいいわけではない直樹は、体重が落ちると簡単に肋骨《ろっこつ》が浮き上がってしまうのだ。

「別に、お前のせいじゃない」

自分で勝手に悩んで、勝手に傷ついただけだ。そう言った直樹に、大輔が唇を落としてくる。

「いいから、俺のせいにしとけ」

そんでずっと離すなって命令しとけ、と言われ、直樹はまた泣きたくなった。

昔から、直樹に甘い大輔だ。きっとそういえば本当に叶えてくれるだろう。

嬉しくて大輔にしがみつこうとすると、またキスが落ちてきた。

ゆっくりと人差し指で体の線をなぞっていく。鎖骨から胸へ、そして尖っている小さな突起をツンと弾かれて、直樹は高い声を上げた。

「あっ……」

「昔からお前の肌は触り心地が良い……」

つうっと腹の真ん中をたどると、そのまま下へ降りていく。中心を触られるかと思った直樹の期待を裏切って、内股を撫でるだけだった。

ひくりとそこが揺れた。

ゆっくりとした手付きがもどかしい。もぞっと内股をすり合わせると、大輔の手が直樹の中心に近づいてくる。そしてやっと求めていたところを触られると、もう我慢できなかった。

「あ、あ、ああっ……」

腰を突き出すように、もっともっとと体が強請ってしまう。

勃ち上がっていた先端はすでに濡れていて、いやらしい音を立てていた。

舌を突《つつ》き合ってキスをして、首筋を舐め上げられ乳首を吸われる。感じすぎてその快楽をどうやって逃がしていい変わらず、何度も体を捩るけれど、その度に強い力で引き戻され結局身悶えることしかできなかった。

背中から小さな尻に、脚の指先まで触っていないところはないというくらい、いじられた。

その度にあ、あ、と高い声を上げ続けて、直樹はすでにクタクタだ。

気が付けば、後ろの蕾《つぼみ》に大輔の指が入り込もうとしていた。入口の襞《ひだ》を撫でまわし、突かれて中に入れろと言われているようだった。

「あっ……あ、っ……」

ゆっくりと大輔の指が入り込んでくる。少し侵入させては引かれ、今度はもう少し奥へと差し込まれた。その度に直樹の細い体は揺れ、感じているのを知らせてしまうのだ。

勝手知ったるなんとやらで、引き出しからローションを取り出した大輔が、たらりと直樹の中心めがけて垂らしてくる。

その刺激が、さらに直樹の体に快楽を与えていく。

「やっ、つめ、たい……」

文句を言いつつも、直樹の中心は正直に揺れていた。軸を伝い陰嚢《いんのう》の膨らみを濡らし、そして奥の蕾にその液体が届く。

ぬち、といやらしい音を立てて、大輔の指がさらに奥へと忍び込んできた。

「んっ……あ、あ、あっ……」

直樹が高い声を上げると、大輔が息を詰めたのが分かった。

「お前の声は、昔からやらしくて、誰にも聞かせたくなかった」

耳元で囁くように言われ、直樹の体が熱くなった。多分、真っ赤になっているだろう。

「綺麗だ、直樹」

もう誰にもこんな姿見せるんじゃねぇぞと、今度は低い声で薄い尻を軽く叩かれながら言われて、直樹は何度も何度も頷いた。

もう大輔しかいらない。本当は昔から大輔だけがいればよかった。

だから、直樹も負けじと言ってやった。

「お前も、……同じだからなっ……」

他の奴なんか抱いたら許さない、と言えば、するわけねーだろ、とムッとした声が聞こえてきた。

不意に実家の店番をしていた若い女性の顔がちらついた。あの子は絶対に大輔のことが好きだと思った。

大輔もまんざらではなさそうに見えたし、もしかしたら直樹と再会する前にそう言った関係だったんじゃないかと、勘ぐりたくなるような雰囲気だった。

「店の……若い子……」

思わずそう呟くと、大輔の片眉が上がった。

（ほら、やっぱり……）

自分で話を振ってしまって後悔した。大輔が他の人を抱いていたのだと、想像するだけで悔しさと嫉妬《しっと》で気持ちが抑えきれなくなってしまう。

「お前は、本当にバカだな」

そう言った大輔が直樹の中にある指をぐるりと大きく回して、一番敏感な部分を擦ってくる。

「ああっ、んっ……、な、んでっ……」

怒ってる、と泣きそうになると、当たり前だと言われた。

「お前のセフレにまで遭遇してる俺の方がキツいわ」

このボケ、とさらに強く奥を刺激されいじめられた。

「あの子は、勝手に追っかけてくるだけで、相手にしてねぇよ」

グチュグチュと中を掻き回されながら、そんなことを言われてもよく分からない。

「ほ、んと……？　ごめん、俺……」

けど好きだったのは大輔だけだったと、泣きながらしがみつくと、お前はズルいと苦く笑う大輔の声がした。

「昔から、お前に泣かれるのは弱いの知ってるだろうが」

そして大好きな顔が近づいてくる。

「……大輔、もう、俺のものだけで、いてくれるか？」

直樹の問いの答えの代わりに、激しいキスが返ってきた。

舌を搦《から》めとられ、引っぱられ啜《すす》られる。そのまま首筋に強く吸いつかれた。

そして今度は、直樹が問われる番だった。

「お前ももう俺だけのものでいろよな？」

離さねぇからな、と言われ、直樹は嬉しくて泣くことしかできなかった。

みっちりと直樹の中に大輔が埋まっていた。

「ま、って……動かないで……」

このままもう少し幸せな気分を味わいたい。直樹は大輔を含んでいる下腹を押さえて、へへと笑う。

「ここに、大輔が入ってるのが……嬉しい」

今の気持ちを告げると、中にいた大輔がまた大きくなって直樹の腹を圧迫した。

「なに、すんだよ……バカっ……でかくすんな苦しいっ」

「今のはお前が悪い」

眉を寄せて怒っているような顔をした大輔が、苦しいと言っているのに体を折り曲げてキスをしてくる。

「ふ、っ……んんっ！」

髪をかき上げられながら頭を固定され、苦しくても逃げることができない。口を塞がれて腰の奥がジンジンと疼いてしまう。その感覚に大輔を含んでいるところが、うねるような動きを見せた。

「あっ、んっ、あ……」

もっと刺激を与えて欲しい。この熱い大輔のものでグチャグチャにして欲しい。

たまらず腰を揺らしたのは、直樹の方だった。

「くっ……」

その動きに、大輔がうめき声を漏らした。それが嬉しくてまた腰を揺らす。すると今度は仕返しとばかりに大輔が直樹の脚を摑み、腰を大きくスライドさせてきた。

「ひっ……、んっ……」

「今のも、お前が、悪い」

「あ、あ、ばかっ……そこだめっ……」

直樹の感じるところを大輔が執拗《しつよう》に攻めてくる。引き抜かれたかと思うとまた押し込まれ、そのままの状態で揺さぶられた。

その度に直樹はあ、あ、あ、と甘い声を上げ続ける。

緩みきった直樹の中は大輔のそれに絡みついた。

「っ……と……」

今のは危なかったと、大輔が息を逃がした。直樹はこんなに感じているのに、大輔はまだ余裕の表情に見えてズルい。

もっと余裕をなくすくらい自分に夢中になって欲しいと、直樹はその男らしい首に腕を巻き付け腰に脚を絡ませると、グイッと自分の方へ引き寄せた。

「も、っと、いっぱい……大輔も、気持ち良くなってよ……」

一人だけ気持ちいいのは嫌だと言うと、大輔がはぁと大きく息を吐いたあと、知らないからな、と不敵に笑った。

「ほんとお前は……煽るのがうまい」

と言った大輔が、直樹の手を引き起き上がらせると、そのまま自分の膝へ座らせた。

「ああ、あ、んんっ……」

自分の体重で、大輔のものが奥へ奥へと入り込んでくる。

「深い……もう、無理……」

「まだ、だ」

これ以上入れたら壊れちゃうと大輔にしがみつくと、ズンと下から突き上げられ、直樹は強い刺激に首を大きく横に振った。奥の奥まで大輔が入り込んで、内臓を押し上げられているみたいだった。

「や、だっ……あ、あ、あっ……」

しがみついたまま、ゆさゆさと揺さぶられる。尻の肉を揉みしだかれながら動かされると、まるで自分の中が蠢《うごめ》いているみたいだった。

「ひっ……、あ、あ、あっ……」

脳天まで痺れるような感覚に、自分の中が溶けてしまいそうだった。

ぐちゅ、ぬちゅ、とやらしい音が部屋中に響く。大輔の強い動きに、振り落とされないようにとしがみつくと、その広い背中に爪《つめ》の跡を残した。

腹にこすれる中心が、もっと刺激を求めている。大輔の動きに合わせて、腰が揺れた。

「あ、あっ……だいすけぇ」

唇を擦りつけあって、舌も絡め合った。そのまままた体を倒されて、今度は容赦なく大輔に奥を穿たれた。

溶けきった直樹の中は、爛れたように熱く、大輔のそれに絡みつく。

弱い胸の突起をいじられながら揺さぶられ、直樹はもう泣き声を上げることしかできない。

「いっしょに、いじらないでっ……イっちゃう、からっ……」

「まだ、もう少し付き合え……」

と余裕の声で大輔が腰を強く押し込んできた。

「ああっ、ダメっ」

ゆさゆさと揺さぶられて、引き抜かれてはまた突き入れられて。その度に揺れている自分の中心がまた卑猥《ひわい》で、直樹はたまらずそこに手を伸ばそうとした。

「もう少し、付き合えって、言ってるだろ」

大輔にその手を取られてしまい、直樹は気持ちいいのに苦しくて、泣きながら首を横に振る。

触って欲しい。そこを強く擦って、熱を吐き出したい。

「イキ、たいっ……大輔、もう、イキたいから……」

もっとして早くして、と強請ると、大輔が握っていた手の指を絡ませてきた。

「あっ……」

両手を取られ、絡ませ合ったまま、顔の横に押さえつけられる。

「このまま、イケるだろ?」

「やだ、無理っ……」

触らないで達って、と言われて直樹は何度も無理と言ったけれど大輔はやめてくれなかった。

大輔の動きに合わせて揺れる自分のものからは、濁った体液が少しだけ飛び散った。

「ひっ……奥、溶ける、あ、ああっ……」

淫猥《いんわい》な音が自分の奥から聞こえてきて、さらにそれが刺激となって直樹の体を痺れさせていく。

まるで溶け合うように、大輔のものがピッタリと吸い付いているみたいだった。

襞をめくりあげるように引かれ、また押し込まれぬちゅ、と音を立てる。

強く腰を突き動かされたときだった。直樹の中から何かが膨れあがっていく。

「や、もう、イク、イッちゃうからっ……」

大輔もと懇願すると、手を強く握られた。

それが合図だった。

遠慮のない大輔の動きに、直樹の体が大きく揺さぶられ、雫があらぬ方向へ飛び散っていく。

「あ、あ、ダメ、もうダメっ……あああっ――」

触れてもいない中心から、熱い体液が放たれていく。ヒクッと体を何度も揺らし、自分の腹を濡らしていった。

「もう少しだけ」

と言った大輔が、痙攣《けいれん》する直樹の奥を容赦なく穿っていく。

「あ、あ、あっ……」

もう力の入らない直樹はされるがままだった。

腰を指が食い込むほど摑まれ、強く叩き込まれる。穿つ速さを増した大輔が直樹の奥で動きを止めると、じわりと中が温かくなった。大輔の放ったものが直樹の中を濡らしていく。

それが嬉しくて幸せで、また泣きたくなった。

少しの間、動きを止めて抱き合っていた。けれど大輔のものはまだ硬さを保ったままで、ゆるりと腰を動かされ、直樹は小さく甘い声を上げた。

「あっ……んっ……」

「ごめん、まだ足りない」

「あ、ばかっ……俺は、お前みたいな体力、ないんだから……あ、あっ」

大輔が放ったものが、直樹の中でさらにやらしい音を立てた。

「あいしてるから」

許してくれ、と笑いながら腰を揺らす男に、悪態を吐くことしかできない直樹は、結局拒むこともできず、両手を差し伸べて自分のものになった恋人を抱き締めた。


十年ぶりに気持ちを確かめ合って散々可愛がられてしまった直樹は、翌日起き上がることもできず、仕事を欠勤する羽目になった。

「取引先との……打ち合わせが入ってなくてよかった」

とぼやいても掠れた声しか出ない。

なにもする気になれず、ぐったりとベッドに横たわっていると、大輔が甲斐甲斐《かいがい》しく世話を焼いてくれる。

これ飲むかとか、食べたいものはないかと聞いてくるけれど、ギロリと睨み付けて顔を背けてやった。

再会してからセフレだといって何度も体を重ねていたけれど、昨日ほど気持ち良くて止められないセックスをしたのは、初めてだった。

『やだ、もっと、いっぱいして』

直樹の体を心配して、やめようとした大輔を引き留めたのは自分だ。

それまでは大輔も理性を留めていたらしいが、直樹の誘いに切れてしまったと、終わったあと汗でべたついた髪を撫でながら言っていた。おかげで意識が飛ぶほどの快感を与えられる羽目になってしまった。

（体力の差を考えろっつーの……）

力仕事をしている大輔とは違い、運動なんてしていない直樹の体力は、人並みかそれ以下なのだ。

いつも営業や企画で忙しく飛び回っている直樹の有休は、たまりにたまっているけれど、こんなことで使う羽目になるとは思わなかった。

「直樹、起きれるか？」

「……関節痛い喉も痛いケツも痛い」

不機嫌な声を出すと、大輔がやれやれと笑っていた。

その笑い方が、昔の幸せだった頃と変わらなくて、泣きたいわけじゃないのに勝手に涙が溢れてくる。それに気づいた大輔が近づいてきた。

「どうした？」

泣き出してしまった直樹の髪を、大輔の大きくて温かい手が撫でる。

一番幸せだと思っていた遠い昔の記憶は、これから新しく作る幸せが塗り替えてくれるだろう。

両手を差し伸べると、受け止めた大輔の手が直樹の体を抱き締めてくれる。

「大輔、ありがとう」

俺を諦めないでいてくれて。

耳元でそう呟くと、背中に回っていた腕が強くなった。それに答えるように直樹もまた、愛しい男の体にぎゅっと抱きついた。

★

「このお酒、すごく美味しかったです」

「ありがとうございます。うちでお取り扱いさせてもらっている中でも、一押しだったんですよ」

直樹が地下のフロアに顔を出したときに、そんな会話が聞こえてきた。

日本酒フェアは好評で、客足もかなり伸びていると中川が喜んでいた。愛好家の中でも地方の地酒が手に入ると評判になっているようだ。

最近は色々な蔵元に出向き、交渉を重ねている。近いうちにまた何種類か新しい銘柄の日本酒が店頭に並ぶだろう。

直樹もこの企画が成功して嬉しいと思っている一人だ。この先も続けられるように、取引先を開拓しなければと中川と意気込んでいる。

そんな直樹が今困っていることは、十年ぶりに恋人になった大輔のことだった。

あらためて、付き合い始めて数ヶ月。

遠距離になるのは覚悟していたけれど、「いつこっちに戻ってくるんだ」とことあるごとに言ってくるのだ。「今の仕事を辞める気はない」というやりとりを何度繰り返したことか。

しかも、大輔がいう「戻る」は、ただの帰省の意味ではないから困ってしまう。

『おじさんたちの仕事に興味があったのも確かだが、なによりお前の居場所になりたかった。だから、お前が一緒に蔵に居なきゃ意味がない』

東京の仕事を辞めて実家に戻ってこい、と大輔は言うのだ。

直樹にも今の生活がある。仕事にもやりがいを感じているし、そう簡単に辞められるわけがない。それでも大輔は、直樹が帰ってくる気になるまで言い続けるという。

そんなやりとりを、この数ヶ月間で何度したか分からない。

直樹だって求められれば嬉しい。けれど。

（今はまだ……）

帰る気はない。もっと色々な経験を積んで人脈を作り、そして父親が許してくれるのであれば、幼い頃に描いていた夢を現実にしたい。それまでは東京で頑張るつもりだ。

実家の蔵を継ぐ。

その役を担うのは、直樹ではなく大輔でもいいと思っている。

不意にポケットの中の携帯が震えた。画面を見ると大輔からで、【今東京駅に着いた】と書かれていた。

休みの度に来なくてもいいのに、と小さく笑う。

許されたとはいえ実家の敷居はなかなか高く、直樹はあの挨拶に出向いた時以来、帰れていない。母からもよく催促の電話がかかってくるが、仕事が立て込んでいるのも事実で帰省できていない。

そんな直樹のことを分かっているのか、こうして大輔がいつも会いに来てくれていることにも、正直悪いなと思っていた。

（近いうちに帰れるようにスケジュール調節しよう）

携帯の画面を見ながら、心にそう決める。

「櫻井さん、こっちお願いします」

中川に呼ばれ、直樹は携帯をポケットにしまい笑顔を作り接客に向かった。

仕事を終え自宅へ戻ると、大輔が夕飯を作って待っていてくれた。

「ただいま」

玄関に入ると、懐かしい匂いがする。勝手に持ち込んだ部屋着に、腰巻きのエプロンをしている。しかもそれは店舗用の実家のエプロンだ。頭にはタオルを巻いていて、どこの居酒屋かと思って笑ってしまう。

「おう、おかえり」

コンロの前でお玉を持ったままの大輔が、こちらを振り返った。

「いい匂い」

直樹が鼻を鳴らすと、大輔に手招きされて近づいた。

懐かしい匂いは、実家の蔵の酒粕で作った料理のせいだった。

「ほら」

と差し出されたお玉を啜ると、懐かしい味がした。

「……旨い」

そう言うと、大輔は満足そうに笑う。

酒粕で作る味噌汁は、直樹がいつも食べていたものだ。

「女将さんが持たせてくれた」

お前に食べさせたかったんだよ、といわれ、涙が出そうになった。

ずずっと鼻をすすると、優しい手が頭を撫でた。直樹はただ頷くことしかできず、嬉しい気持ちは言葉にならなかった。そしてそっと抱き締められ、その広い胸に身を委ねた。

あれから水野とは一度だけ連絡を取った。直樹が傷つけたのは確かなので、ちゃんと謝りたかった。

大輔のこともすべて話すと、「よかったね」と言ってくれた。

『直樹のこと、好きだったよ。俺はちゃんと好きだった』

セフレじゃなくて恋人になりたくて頑張ってた、と言われ本当に申し訳ない気持ちになった。あの時は直樹が追いつめてしまったせいで、手荒いこともされたけれど、本来の水野は明るくて根は優しい人間だ。

だからこそ、直樹は自分の気持ちに正直にならなければいけないと思った。

『本当にごめん』

と謝り、そして「智文にも幸せになって欲しい」と告げると、「直樹よりいい人見つけて幸せになってやるよ」と笑って言ってくれた。

そのあと大輔に、水野との経緯を全て話すと、「それはお前が悪い」と言われてしまった。

昔から、ダメなことはダメとハッキリ言うのが大輔だった。優しく慰めるなんてことはしてくれるはずもなく、それでも「これからはもうそんなことするな」と言われ、直樹は素直に頷いた。

抱き締めてくる温もりに、自分の居場所はここなのだと実感する。

ずっと、幼い頃から、この手だけを信じていた。

しばらく身を委ねていると、大輔の手が確認するように直樹の背中を擦っていた。

「まだ、細っこいな」

直樹の体重が落ちてしまったことを、未だに気にしているらしい。来る度に体重を確認されて、しかもこうして食事も作って太らせようとしている。

「もう、だいぶ戻ったよ」

と大輔の胸にもたれながら直樹は笑う。

むしろ最近は大輔が作り置きしてくれるおかげで、食生活が整っているせいか、肌つやがよくなっていると安堂にうらやましがられているくらいだ。

そんな直樹の薄い尻を、大輔の手が撫でていく。

「俺としてはもう少しこの辺に肉が付いてくれると、抱き心地がいいんだが……イテッ」

口の端を上げて、卑猥に人の尻を揉みながら笑う男の手をはたき落としてやった。

「このエロじじい」

「十年分溜まってるからな」

そう言ってグイッと腰を押しつけられたそこは、興奮しているのか少し膨れあがっている。おかげで直樹の体にも火が点いてしまいそうになったけれど、それはまたあとでのお楽しみだ。

「バカ、飯食わせろ」

照れを隠しながら直樹が言うと、軽く唇を奪って大輔が離れていく。

そしてまた料理をはじめた大輔が、なにかを思い出したように声を上げた。

「そうだ、夏休みは帰ってこい。親父さんからの伝言だ」

それは父親が自分を許し、受け入れてくれている証拠で、それもこれも大輔がいなければ、なにも変えられなかっただろう。

父親の伝言に直樹は何度も頷いた。

「そういえば、親父、結局どこが悪いんだ？」

再会した時、父親の調子が悪いと言っていた。ずっと引っかかっていたのだが、聞く機会を逃してしまっていたのだ。

この前帰ったときは、体調不良の話などしていなかったし、元気だったように見えたが、どこか内臓でも悪くしてしまっているのだろうか。

直樹の問いに、大輔が「そんなこと、言ったっけな」と首を傾げた。それを見た直樹は直感した。

これは、嘘をついているときの仕草だ。

「大輔……テメェ……」

「や、この前、ほんとにぎっくり腰をやったんだって」

「そんなの大人しくしてりゃ治るだろうが！」

この嘘つきめ、と頰をつねる。それでも大輔は笑っていて、直樹も父親が元気ならいいかと頰を緩めた。

大輔が直樹のためを思って嘘をついたのは分かっている。それに大輔が直樹を諦めずにいてくれたから、実家に帰ることも、こうして一緒にいることもできるのだ。

「親父さんがお前が帰ってくるのを楽しみにしてるのは、ほんとだよ」

祭りを口実に帰ってきてやってくれと、大輔がつねられた頰を擦りながら言う。

「しょうがないな……お前がそこまでいうなら帰ってやってもいいけど？」

そう言って、大輔と顔を見合わせて笑った。

「また一緒に祭りに行こう」

「うん、行きたい」

そう答えると大輔の顔が近づいてきて、唇が重なった。

一度失ったと思っていたものは、直樹の知らない場所でずっと繋がっていた。それは自分を諦めずにいてくれた恋人のおかげだ。

この手を、もう二度と離したくない。
どんなことがあっても、大輔となら乗り越えていける。
二人の恋のゆくえには、昔、直樹が想い描いた未来が待っているのだから。

きっと遠くない未来の話

「だから〜！　俺は帰らないっつーの！」

何度目か分からない問答に、櫻井直樹《さくらいなおき》はがっくりと肩を落とした。

「なんでだ？　もう戻れない理由はないだろ？」

「そうじゃなくって！」

それも分かるけれど、今はその時期ではないと何度言えばいいのだろうか。

直樹の言葉を無視する恋人は、どうしても自分を実家に戻したいらしい。

そう考えてくれていることは、正直嬉しい。直樹だって帰りたくないわけではない。

けれどもう少し時間が欲しいと思っているのだが、途中から話が噛《か》み合わず堂々巡りになってしまうのだ。

「帰省なら夏休みにするから！」

「そういうんじゃないって分かってるだろ？」

「あーもう！　だーかーら！」

そうじゃなくて、と直樹も言い返す。

頭をかきむしりたくなるような気分でいると、時計を見た大輔《だいすけ》が「帰る」と立ち上がった。

少しの間二人に微妙な空気が流れ、直樹が黙《だんま》りを決め込んでいると、「また来る」と言い残して大輔は部屋を出て行ってしまった。

パタンと閉じられたドアの音が、部屋に虚《むな》しく響く。

「なんなんだよぉ～！」

大輔の分からず屋！　と手にしていたクッションを玄関に投げつけて、がくりと肩を落とした直樹は、そのまま仰向《あおむ》けに倒れ込んだ。

喧嘩したいわけじゃないのに、どうしてこうなってしまうのだろうか。

最近、こんなことを繰り返していた。直樹が悪いわけでも、大輔が悪いわけでもない。ただ、互いの考えが一致しないだけだ。

「なんで分かってくれないいんだよ、ばか……」

勝手に帰ってしまった恋人に、恨み言しか出てこない。

本当は別れ際にもっと甘えたかった。大輔のぬくもりを感じたかったし、抱きしめてキスもして欲しかったのに。

「もう～～」

モヤモヤしているこの気持ちをどうしてくれるんだと、と直樹は寝返りを打つとクッションに顔を埋《うず》めた。そしてチラリと期待を込めて玄関に視線を向けるけれど、投げつけたクッションが虚しく落ちていて、もしかしたら戻ってきてくれるんじゃないかという、淡い期待は時間と共に崩れ去っていった。

もう、電車に乗っただろうか。こんなことなら追いかけて仲直りすれば良かったと、もう後悔している。

次会えるのはいつだろうか。それまでこの気まずさを引きずりたくないのに。

「……大輔の、バカ」

直樹は携帯を手に取って、ＳＮＳを開く。

なにかメッセージを送ろうと考えるけれど、いい言葉が浮かばない。

「ごめん、じゃ、俺が折れるみたいだし……」

そんな言葉を入れて言質を取られ、じゃあ帰ってくるんだな、なんて言われたらまた喧嘩になってしまいそうだ。結局「気を付けて帰れよ」と、当たり障りのないメッセージを入れることしかできなかった。


「で？　あんたはどうしたいのよ」

大輔との喧嘩の数日後、直樹は職場近くにある、落ち着いた雰囲気の居酒屋に来ていた。

透明のグラスをグイッと仰いだ先輩の安堂《あんどう》に呆《あき》れ顔で聞かれ、直樹は「俺は」と自分の気持ちを吐き出した。

大輔の気持ちは嬉しいけれど、すぐに帰るつもりはない。

「今は、この仕事にやりがいも感じてるし、この職場が好きなんです……」

それにこれからまだまだやりたい企画もある。

目の前にある皿の料理を箸《はし》で遊ばせながら、直樹が言うと安堂が肩を竦《すく》めた。

「そのまま言えばいいじゃない。なにが問題なのよ」

「言ってますよ。言ってるのにあいつが俺の言葉を聞き入れてくれないから困ってるんです！」

安堂には大輔とのことは、もう全て話していた。色々と心配もかけていたし、それに安堂には見抜かれていた。

「なんかうまくいったみたいじゃない」と大輔との関係が修復できた時、ニヤニヤと含み笑いで言われたのだ。

「津屋《つや》さんに再会してからの動揺っぷりといい、痩《や》せっぷりといい、分かりやすすぎだったわよ」

と背中を思い切り叩かれた。今さら安堂に隠しても仕方がないし、むしろ彼女が味方になってくれるのは直樹としては心強かった。

だから、つい大輔との喧嘩の話も聞いて欲しくて飲みに誘ったのだが、この手の相談を安堂にしても無駄だった。自分より男らしい性格をしているのを忘れていた。

グラスに残っている日本酒を飲み干した安堂が、「すみません、【直樹】ください」とカウンター越しにいる店員に告げる。

この居酒屋は日本酒をメインにしていて、櫻井酒造の酒も多く取り扱ってくれている店だ。

店員の持ってきた一升瓶《いっしょうびん》を前にして、直樹は恥ずかしさを隠せなかった。

「だいたいさ～……酒の銘柄に、恋人の名前ってどうなのよ」

「……安堂さん、それは……言わないで……」

直樹は両手で顔を覆う。

「すっごい美味《おい》しいのに、このネーミング……知らない人は気にならないと思うけど、全部知っている私としてはなんだかとても微妙な気持ちになるけど旨《うま》いから飲む」

「……勘弁してください、ほんと……」

直樹もこの酒は本当に旨いと思っている。実際、デパ地下での売り上げもかなり良い。

「勘弁して欲しいのは私の方よ、まったくさ……」

そう言った安堂が、突然隣に座っている直樹の頬《ほお》を思い切り引っぱった。

「ひたひ！　あんほうさん、あに⁉」

「なにじゃないわよ！　あんたの話はただのノロケで、ほんとどうでもいいわ‼」

それにと、もう一段階頬をつねる強さが増した。

「津屋さんは幼なじみで昔からなんでも俺のこと分かってくれる的なことというけどね、口に出さなきゃ分からないことだってたくさんあるのよ！　櫻井君のことだからうやむやな言い方してそうだし、もっとはっきりと相手に伝わるように言わないとだめ！　くみとってもらおうなんて甘い！」

その指摘があまりにもごもっともで、直樹はうっと言葉を詰まらせた。水野《みずの》の時もそうだった。曖昧《あいまい》に誤魔化《ごまか》してちゃんとしなかったせいで、彼を傷つけてしまった。

大輔にも、そのうち帰るとか、その話はまた今度と誤魔化していた気がする。

「ちゃんと……どうしたいか言うのが怖いってのは、心のどこかにあったのかもしれないです……あいつには、一度裏切られたから」

覇気のない声で返す直樹に、安堂はやはりあっけらかんと言う。

「裏切られてなかったんでしょ？」

一瞬言葉に詰まったけれど、直樹は笑顔で答えた。

「そう……ですね。裏切られるどころか、愛されてました」

そうだ、自分は愛されていたのだ。裏切られていたわけじゃない。だから今、こうしてまた大輔と共にいられるのだ。

直樹はへへっと笑ってみせると、また頬を思い切り引っぱられた。

「うわー、その笑い方すっごいムカつくっ」

八つ当たりされて、痛いと言いつつも笑っていた。

(今度ちゃんと、自分の気持ちを話そう)

そう決めた直樹の心中を知ってか知らずか、安堂との飲みは朝まで延々と続き、解放されることはなかった。

「うー……からだ重い……」

翌日、直樹はベッドの中で唸《うな》っていた。どうにかテーブルの上のペットボトルに手を伸ばし水を口に含む。

時計はもうとっくに昼を過ぎている。せっかくの休みだけれど、この調子では外に出かける元気も湧《わ》かず、だらだらとした休みになってしまいそうだった。

始発が出るまで付き合わされた飲みは、安堂の「彼氏ができない」というテいつもの嘆きで終了した。

どうしてアンタにはあんな格好いい彼氏がいるのに！　と何度頬をつねられたことか。

安堂に彼氏ができないのは、できないのではなく作らないのでは？　と思うところもある。彼女もかなりなワーカーホリックで、いつも仕事を優先している。しかもあの性格だ。取引先から気に入られることが多く、色々な会合やパーティーなどに呼ばれているから、そんな暇もないのだろう。

けれど、彼女みたいなタイプは、最後は素敵な人と巡り会うんじゃないかと直樹は思っていた。

「俺も……ちゃんと捕まえておかないと……」

あんなに直樹のことを考えてくれる人は、後にも先にも、大輔しかいない。

昨日安堂に言われたことを思い出していた。

「口にしなきゃ分からないか……ごもっとも……」

大輔なら分かってくれる。そんな甘えがあったのかもしれない。

十年間離れていたせいで、感覚が大輔に会うと十年前の若い頃の自分に戻ってしまう時がある。大人になったつもりでなりきれていない証拠だろう。

直樹は気を取り直しペットボトルの水を飲み干すと、せめて掃除でもしようとベッドから抜け出した。

洗濯と掃除を済ませた頃には、体の中のアルコール分もだいぶ抜け落ちていた。

「腹減ったな……」

そういえば今日はまだなにも食べていなかった。最近は大輔が来るとちゃんとした食事を取らせてくれているおかげで、一人で居る時も自炊するようになっていた。

「よし、買い物行こう」

ご飯を食べてから、大輔に電話しよう。そう決めて着替えをして部屋を出た。

食材を買い足すために駅の向こう側にあるスーパーまで行くことにした。なにを作ろうか考えながら歩いていると、大きな男がこちらに向かってくるのが見えた。

「なんで……？」

思わず立ち止まった。前から両手に荷物を抱えた大輔が歩いてくる。

「……どこ行くんだ？」

大輔もまさかこんな道端で直樹に会うとは思っていなかったようで、驚いた顔をして声をかけてきた。

「どこって……買い物、しようかと……」

惚《ほう》けたままそう答えると、「もうしてきたから、これ持て」と言って袋を差し出された。受け取るとその袋はかなりの重さがあった。

「重たっ」

「そうか？」

たいしたことねぇだろ、と言われ、どうせ非力ですよとその袋を持ち直した。

「帰るぞ」

大輔がマンションへ歩き出し、直樹はそのあとを慌てて追いかけていく。横に並んで「どうしたんだよ」と少し戸惑いながら声をかけた。

喧嘩をしてから大輔とは連絡を取っていなかった。顔の見えない状態でやりとりをして、また喧嘩になったらと思うと、なかなか連絡できなかったのだ。

直樹の問いに大輔はなんのためらいもなく「会いたかったから」と言った。

その言葉に直樹は胸が苦しくなった。

そうだ。大輔はちゃんと大切な言葉を口にしてくれていた。ぶっきらぼうだけれど、気持ちは伝わってくる。

「俺もっ……」

会いたかったと大輔の服の裾《すそ》を摑《つか》むと、笑ってくれた。

「帰ろう」

早く大輔に触りたい。

そしてちゃんと自分の気持ちを話そう。

歩き出した直樹に今度は大輔が追いかけてきて横に並んだ。持たされた重たい荷物に直樹が「買いすぎだ」と文句を言うと、大輔も「確かに」と笑った。


部屋に戻り玄関のドアを閉めた途端、直樹は大輔に抱きついた。

「なんだ？　甘ったれか？」

直樹の突然の行動に、大輔は笑いながらも背中に手を回す。

喧嘩してしまった日、本当はこうして別れ際に温《ぬく》もりを確かめたかった。その分も味わうようにギュッと力を込める。

「今日、来るなんて言ってなかった」

直樹の問いに大輔は照れくさそうに言った。

急遽《きゅうきょ》休みが取れたのでどうしようか迷った結果、やっぱり直樹に会いに行こうと昼過ぎに地元を出てきたらしい。迷ったせいで来るのが遅くなってしまったのだという。

「連休にしてもらえたし、この前も変な帰り方したからずっと気になってた」

「その話は、あとでちゃんとしたい」

直樹がそう告げると大輔の答えも同じだった。

「そうだな」

けれどその声は硬いものではなく、いつもの大輔でホッとした。

「もう、間違えたくないから、ちゃんと話したいんだ」

その言葉に大輔が少しだけ眉《まゆ》を下げたのが分かった。意地悪な言い方をしてしまったけれど、それも本当のことだからちゃんと伝えたかった。

もう、大輔と離れたくない、と。

直樹を抱き締める腕が強くなる。顔を上げると、ためらいなく唇が落ちてきた。

玄関で立ったまま舌を絡め合う。脚の間に大輔の膝《ひざ》が割って入ってきて、キスだけで少し勃ちはじめていた中心をグイッと押され、甘い声が漏れた。

「んっ……んんっ……」

と同時に、ぐうと色気のない音がした。

そういえば、昼も食べずに掃除と洗濯をして、クタクタになってお腹が空《す》いたから食材を買いに出かけた途中だったのだ。

自分の腹の虫に思わず吹き出してしまうと、大輔も「元気のいい虫を飼ってるな」と笑う。

「餌《えさ》、やらねぇとな」

夕飯作るかと言った大輔が、もう一度直樹の薄い唇を軽く奪ってからキッチンへ向かった。


大輔が手際よく包丁を裁いている。

昔はこんなに器用だとは知らなかった。料理も再会してからすることを知ったくらいだ。

しかも一人暮らしの長い直樹より、大輔の方が上手《うま》い。

狭いキッチンに二人で立っているけれど、直樹はただ見ているだけに等しかった。

大輔の調理している食材は、青々としたものばかりが並んでいて、直樹は不満げに呟《つぶや》いた。

「野菜ばっかりだな」

「俺が食べさせないと、お前絶対好きなもんばっかり食うだろ?」

「そんなことは、ない」

「ウソだな」

変な間があったぞと、喉《のど》の奥で大輔が笑う。

「だからってこんなに野菜ばっかり……」

「旬のうちに食べた方が美味しいだろ？」

そういえば、直樹はどの時期になんの野菜が旬なのかなんて、気にしたことがなかった。春キャベツと秋なすくらいは分かるけれど、他はまったく知らない。

大輔が手にしているのはアスパラガスで、これもこの時期が旬なのかと覗《のぞ》き込む。湯に通すと鮮やかな緑色に変わった。

「これは近所のおばちゃんがくれたから家から持ってきたんだ」

実家の周りは農家がたくさんあるので、昔からよくお裾分けを頂くのだ。

ゆでたてのアスパラガスを目の前に出され、ほら、と口に運ばれる。それにかぶりつくと、シャキッとした歯触りと、独特の甘さが口いっぱいに広がって、直樹は思わず「うまー」と頰を緩ませた。

そういえば、こっちに出てきてから野菜をあまり食べなくなったのは、美味しく感じなかったからだった。

「お前の舌はなにげに肥えてるんだよ。おばさんが旨いもの食わせてくれてたし、いつも新鮮だったからな」

「そうなの？」

「そりゃそうだ」

忙しくても絶対にみんなの飯は作ってくれてたし、と言われ、直樹はハッとする。

そういえば、野菜は母が自家栽培していたものもあった。気が付かなかったけれど、そうかと直樹は納得した。近所には農家がたくさんあり、新鮮なものが手に入っていた。

上京してスーパーで新鮮野菜を買ってきても、実家で食べていたものに比べると、どうしても劣る。栄養バランスのために時々野菜を取るようにしていたけれど、昔ほど美味しく食べられていなかった。

大切に育てられていたんだなと、あらためて痛感して直樹は少し泣きたくなった。

「やっぱり、夏はちゃんと帰るよ」

横に立つ大輔の肩に頭を乗せて言うと、「夏だけか？」と返ってきた。

その大輔の言葉に直樹は、誤魔化すのはダメだと、自分の思いを話し始めた。

「俺な、今の仕事すっごい楽しいんだ。お前みたいにこれをしたいって決めて始めた仕事じゃないけど、俺はこの仕事向いてると思ってる」

直樹の告白に、大輔が料理していた手を止めた。

「今の企画ももっと取引先を増やしたいし、他の企画もやりたい。それが成功した時の喜びと達成感が、すごく好きなんだ」

だから、と言って顔を上げると、大輔が真っ直《ま》ぐ《す》にこちらを見つめていた。

「分かってる。仕事の話をしてるお前は、楽しそうにしてるからな」

と少し寂しそうに大輔が言った。

「大輔……」

「俺も、自分の気持ちばっかり押しつけてたのは、分かってた。直樹にも今の生活があるって、理解してたけど今を逃したらいけないような気がして焦ってたんだ」

そう言って肩にある直樹の頭を撫《な》でてくる。

通じた。ちゃんと直樹の気持ちを分かってもらえたことに、ホッと息を漏らす。

「大輔の気持ちは嬉しい……実家とのことも、お前がいなかったらきっと一生戻れなかったと思う。それに大輔と離れてるのは俺だってやだよ？　もっと一緒にいる時間を増やしたいし、色んな話もしたいし……」

けれど、直樹もこの仕事を自分が納得するまでやりたい。そして、そのスキルを持ち帰って実家の手伝いをしたいのだ。

「だから、もうちょっと時間を、くれないか？」

直樹の願いに、大輔は頷《うなず》いてくれた。

「分かった……多分俺もお前に甘えてたんだろうな。俺の気持ちを分かってくれるだろうって思ってた」

それは、直樹も同じだ。大輔なら分かってくれると勝手に思っていた。

だから大きく首を横に振って「俺もゴメン」と謝った。

「大輔は昔から俺のこと分かってくれるって思って、ちゃんと言わなかったから」

同じ過ちを繰り返さないためにも、きちんと気持ちを伝えなければいけないのだ。

「もう、間違えたくないから。大輔をなくしたくないから……これからはもっともっと、たくさん話して、そんでもっともっといっぱい一緒にいよう？」

俺も頑張ってそっちに行くからと言うと、大輔が頷いた。

「ああ、親父さんも女将《おかみ》さんも喜ぶ」

頭を引き寄せられ、髪にキスをされた。大輔の言葉は嬉しいけれど、少し気に入らない。

「親父たちだけか？」

お前が喜んでくれないと意味がない、と膨れると、相好を崩した大輔に唇を奪われた。

「もちろん、俺が一番嬉しいよ」

そう言ってもう一度キスが落ちてきた。本当に嬉しそうな大輔の顔に、やっぱり我慢してくれていたんだと痛感する。直樹があまり連休を取れないせいで、大輔にばかり負担をかけてしまっていた。

けれどこれからは、なるべく直樹も帰れるようにシフトを組んでもらったり、できる限り努力するつもりだ。

「大輔、好きだぞ？」

自分よりたくましい体に抱きついてそう告げると、大輔の腕が背中に回った。

見上げると、大輔の顔が近づいてきた。直樹もそれを待ち受けるように薄く唇を開くと、吸い込まれるように大輔のやわらかいキスが落ちてきた。

大好きだという気持ちが止められない。大輔の全てが愛《いと》おしい。

「っふ……んっ……んん……」

何度も角度を変えて、舌を絡め合った。短い髪に指を差し込んで、くちゃくちゃにする。

大輔の手が直樹の背中や脇、それに薄い尻を忙《せわ》しなく擦っていった。

もっともっとくっつきたい。直《じか》に触れあいたい。

「だいすけぇ……」

もう我慢ができないと、情けない声を上げた時だった。

ぐううう、とまた大きな音が鳴った。

二度目の音は、かなり盛大だった。

力が抜けるような間抜けな腹の虫の音に、色っぽい雰囲気も霧散してしまう。

堪《こら》えきれなかったのか、大輔が思いきり吹き出した。

「すげー音だなっ……くっ……」

ははは、と声を上げて笑う。

「笑いすぎっ！　だって昼過ぎまで寝ててそれから洗濯と掃除してたんだよっ。腹が減ったから買い物行こうとしたらお前に会ったんだからっ」

しょうがないだろ、とあまりの笑われようにむくれると、ごめんごめん、とあやすように可愛いキスをされた。

「まずは、腹ごしらえだな」

旨いもの食わしてやると言った大輔が、「続きはそれからたっぷりな」と意味深な笑みを浮かべるから、直樹は期待に体を小さく震わせてしまったのだった。


ゆっくりとした動きが物足りなくて、直樹は首を何度も横に振った。

「どうした？」

俯《うつぶ》せになっている直樹の顔を、大輔が覗き込んでくる。耳元で囁《ささや》かれた声に、背筋がゾクリと戦慄《おのの》いて、大輔を受け入れてる場所が疼《うず》いていく。

「あっ……耳元で喋《しゃべ》るなっ……」

「感じるのか？」

相変わらずここが弱いなと笑われて、そしてそのまま耳朶《じだ》を口に含まれた。

「ひっ……ん、あ、あっ……」

ぬちゅ、と水音が直接内耳に響くのがたまらなくて、顔を背けて逃げようとするけれど、大輔に力で敵《かな》うはずはなかった。頭を固定されて、穴の中まで舐《な》め回された。

「あ、ああっ……バカ、音っ……」

感じすぎて大輔を含んでいる場所が自然とうねってしまう。それにはさすがの大輔も低い声を漏らし、少しだけ溜飲《りゅういん》が下がった。

そう思ったのも束の間、大輔の舌が耳を離れ、肩から背中へと移動していく。

そして緩やかな線を描く窪《くぼ》みを沿うように舐められて、直樹はさらに高く甘い声を上げた。

「んあ、……あっ、んっ……」

顎《あご》が上がり、背中を反らす。すると自然と尻を突き出すような形になり、大輔のものがさらに奥へと入り込んでくる。

もっと、欲しい。強く奥を擦《こす》って欲しい。

堪らずに、腰を揺らしていた。

「だい、すけ……」

名を呼ぶと、それが合図だった。細い腰を摑まれ大輔のものが強く奥まで叩きつけられる。

「ああっ、あんっ、あ、あっ……」

強い動きに直樹の脚の間で揺れている中心から、雫《しずく》が飛び散っていく。

「きもち、いい……ああっ……そこ、もっと……」

少し痛いくらいが気持ちが良い。大輔のものは大きくて直樹の欲しいところまで届くのがたまらないのだ。

腰を押さえつけていた手が双丘《そうきゅう》に移り、揉《も》まれたり寄せられたり、まるで中が蠢《うごめ》いているように動く。

「ああっ……だめ、それしないでっ……」

「なんでだ？　これ、好きだろ？」

とさらに強く揉まれるのと同時に腰を叩き込まれ、直樹は息が止まりそうなくらい感じていた。

支えていた腕は力が入らず、そのまま前のめりに倒れ込んだ。突き出た腰をさらに大輔が強く穿《うが》ってくる。

「あ、ああっ……まって、つよいからっ……」

ぐじゅぐじゅと水音を立ててさらに直樹を感じさせる。大輔の挿入の強さに、直樹の中心も雫を垂らしながら揺れていて、無意識にシーツに擦りつけて腰が揺れていた。

「気持ち、良さそうだな」

勝手にイクなよ、と言われても、何のことか分からない。とにかくもっと気持ちよくなりたい。その一心で直樹は腰を動かしていた。

「あ、あ、あっ……やだ、やめちゃ、だめ……気持ちいいから……ああっ……」

大輔が意地悪く直樹の腰を掴み、動きを止めてしまう。

「まてって……」

もう少し付き合え、と今度は体をひっくり返された。

仰向けになると大輔のキスが落ちてきた。と同時にまた奥に挿入される。

「んんっ……ふっ……」

ゆっくりと味わうような動きに、尾骨から頭のてっぺんまで痺《しび》れるような疼きが走っていく。小さく震えた直樹に大輔が心配そうに声をかけてきた。

「大丈夫か？」

余裕の表情が気に入らない。誰のせいでこんなに感じているんだと、直樹は頬を撫でる手を取ってその指を口に含んでやった。

ぴちゃぴちゃと音を立てその長く骨張っている指を、大輔のものを咥《くわ》える時と同じ動きでしゃぶってやると、男らしい大輔の表情が歪《ゆが》んだ。それが、たまらなかった。

いつもやられっぱなしで、主導権を握られてしまうのが悔しい。仕返しだと調子に乗って指や手のひらを舐め回していると、ズンと奥に大輔のものを押し込まれた。

「あっ……ん、なにすんだよっ……」

もっと大輔の乱れる顔が見たいのに。

けれど今度はその濡《ぬ》れた手で直樹の中心を握られてしまった。

「ああっ……はっ……」

ずっと溢《あふ》れ出ている先走りの蜜《みつ》と、直樹の唾液《だえき》のせいで擦られる度に卑猥《ひわい》な音を立ててい